Die Lama-Gang. Mit Herz & Spucke
Ein Fall für alle Felle

Heike Eva Schmidt wurde in Bamberg geboren und lebt in Oberbayern. Nach einem Psychologiestudium war sie zunächst als Journalistin tätig, ehe sie ein Stipendium an der Drehbuchwerkstatt München erhielt. Seitdem arbeitet sie erfolgreich als freie Drehbuchautorin und Schriftstellerin.

Nikolai Renger wurde in Karlsruhe geboren und studierte Visuelle Kommunikation an der HFG in Pforzheim. Er ist als freiberuflicher Illustrator für verschiedene Verlage und Agenturen tätig und arbeitet seit 2013 im Atelier Remise in Karlsruhe.

Heike Eva Schmidt

Die Lama Gang

Mit Herz & Spucke

Ein Fall für alle Felle

mit Illustrationen von
Niko Renger

PLANET!

Ein Lama zum Geburtstag

»Meee-meee-memmemmeee …«

Einstein öffnete ein Auge. Vor dem schmalen Fenster des Lama-Stalls ging gerade die Sonne auf.

»Mee-mimimimi …«

Einstein ächzte. »Och, Petersilie! Es ist gerade mal sieben Uhr morgens! Kannst du mich nicht noch ein bisschen schlafen lassen?«

»Dein Geburtstag ist da, vergangen ist ein Lama-Jahr.
Aber ich bin noch hier und gratuliere di-hi-hir!«, schmetterte es dicht neben ihm.

Einstein blinzelte verschlafen. Ein schneeweißer Haarschopf schob sich heran und zwei große dunkle Augen mit langen Wimpern blickten erwartungsvoll zu ihm hinunter.

»Und? Was sagst du zu meinem selbst komponierten Lama-Geburtstagslied?«, fragte Petersilie.

»Ich … also, hm. Es wäre mir lieber gewesen, du hättest es mir ein bisschen später vorgesungen«, murmelte Einstein. Er war noch immer nicht richtig wach. Das änderte sich schlagartig, als ein dicker Klumpen Spucke knapp vor seinen Vorderbeinen auf den Boden klatschte. »Igitt!«, rief Einstein. Mit einem Satz war er auf seinen vier Hufen.

»Weißt du überhaupt, wie viel Mühe ich mir mit dem Lied gegeben habe? Und dann reimt es sich auch noch«, rief Petersilie empört. »Aber du, du weißt es ja gar nicht

zu schätzen. Stattdessen meckerst du mich an. Und das am Ge-Gebu-hu-rtstag!« Die letzten Worte gingen in ein Schluchzen über.

Obwohl Einstein ganz genau wusste, dass seine Freundin nur markierte, zwickte ihn das schlechte Gewissen. Mitten in seinen runden braun gefleckten Lama-Bauch. »Entschuldige, Petersilie. Natürlich finde ich dein Lied ganz wunderprima. Und es reimt sich sogar. Fast.« Einstein schüttelte sich kurz und kräftig. »Ich war noch nicht richtig wach. Aber jetzt bin ich es. Und ich freu mich ganz doll.«

»Echt?«, schniefte Petersilie.

»Ganz echt«, bekräftigte Einstein. »Sind wir wieder gut?«

»Gebongt«, antwortete das schneeweiße Tier gnädig. Eigentlich war Petersilie auch kein Lama, sondern eine Alpaka-Dame. Daher war sie etwas kleiner und zierlicher als Einstein und ihr Fell etwas wuscheliger. Aber ihre Hausmenschen, die Familie Sonnenschein, nannten beide Tiere der Einfachheit halber »Lamas«. Auch Petersilie nahm den Unterschied meistens nicht so genau. Nur manchmal spielte sie die Diva und verwies dann gerne auf ihr schneeweißes Alpaka-Fell.

In diesem Augenblick knarrte die Stalltür. »Guckt mal, die beiden sind schon wach«, rief eine helle Mädchenstimme.

»Hallo, Lilly«, blökte Petersilie erfreut, als ein Mädchen mit blondem Pferdeschwanz den Stall betrat. Gefolgt von ihrer großen Schwester, deren rötliche Haare sich zu wilden Locken kringelten. »Und Finja ist auch da«, stellte sie fest.

»Guten Morgen, ihr zwei«, nuschelte Einstein.

Die beiden Mädchen lachten und drehten sich zu ihren Eltern um. »Ich glaube, die Lamas verstehen uns«, sagte Finja fröhlich. Sie war die ältere der beiden Töchter von Lisa und Knut Sonnenschein. Zu viert bewohnten sie Gut Erlenbach.

»Also wirklich!« Petersilie stampfte mit dem linken Vorderfuß auf. »Sie kapieren es nie, oder?« Kopfschüttelnd lugte sie über die Boxentür. Die beiden Tiere liebten ihre Hausmenschen, aber Petersilie war es ein Rätsel, warum die Sonnenscheins es einfach nicht einsahen: Lamas standen über den menschlichen Wesen. War doch logisch, oder? Schließlich verstanden die Lamas problemlos, was die Menschen sagten. Aber umgekehrt? Fehlanzeige. Also: Wer war wohl der Klügere?

»Gib's auf, Petersilie. Unsere Hausmenschen sind unbelehrbar. Dafür sind sie sehr lieb zu uns«, gab Einstein zu bedenken.

Vielleicht verstanden die Sonnenscheins die Lama-Sprache aber doch ein winziges bisschen, denn jetzt zogen Finja und Lilly zwei längliche Stangen aus der Tasche.

»Knabber-Müsli«, schrie Petersilie begeistert. »Eine große Portion für miii-mich!«

»Vergiss es. Ich hab heute Geburtstag, ich kriege beide Knabberstangen«, erwiderte Einstein.

Petersilie riss die Augen auf. »Aber, aber …«, stotterte sie. Leider musste Einstein lachen. »Du nimmst mich auf die Hufe!«, murrte Petersilie. Ehe sie jedoch wieder sauer werden konnte, hielt Finja ihr eine der Müsli-Stangen unter die Nase. Die andere verfütterte Lilly an Einstein.

Für die nächsten zwei Minuten hörte man nur behagliches Kauen.

»Wir haben eine Überraschung«, sagte Finja schließlich. Sie blickte zu ihren Eltern hinüber. Lisa und Knut Sonnenschein lächelten.

»Nur raus damit. Ich liebe Geburtstagsüberraschungen«, mümmelte Einstein.

»Ihr bekommt einen neuen Mitbewohner!«, platzte Lilly heraus. Ihre Schwester nickte. »Mama und Papa haben ein drittes Lama gekauft. Heute Nachmittag holen wir es ab.«

Einstein verschluckte sich an seinem letzten Bissen Müsli. »Was?«, keuchte er.

Petersilie fielen vor Überraschung ein paar Körner aus dem Maul. »Wie?«, quiekte sie. »Warum?«

»Wir freuen uns total«, strahlte Lilly. »Ihr euch auch?«

»N-ne-neeeeee!«, quäkte die weiße Lama-Dame und auch Einstein grummelte.

»Hört ihr? Sie freuen sich«, rief Lilly begeistert.

Petersilie und Einstein blickten sich an. »Du hattest recht. Sie haben keine Ahnung, wovon wir reden«, seufzte Einstein.

»Du, Mama? Wenn wir drei Lamas haben, kommen dann noch mehr Leute zu den Wanderungen?«, fragte Lilly.

Ihre Mutter, eine hochgewachsene Frau mit dunkelblonden Locken, nickte. Während Vater Knut als Polizist für Recht und Ordnung in der kleinen Stadt sorgte, blieb Lisa Sonnenschein auf dem Gut. Sie veranstaltete nämlich Ausflüge und kleine Wanderungen für tierliebe

Menschen. Die liefen dann mit den Lamas am Halfter durch Wald und Wiesen rund um den Gutshof. Es gab niemanden, der danach nicht mit einem breiten Lächeln und gut gelaunt nach Hause ging. Mit ihren sanften Augen, die von langen Wimpern umrahmt waren, und dem wuschelig-weichen Fell verzauberten die Lamas einfach alle.

Petersilie und Einstein gefielen die Wanderungen auch. Vor allem, weil es am Wegrand leckeres Gras und saftigen Klee und Huflattich zu fressen gab. Und am Ende der Ausflüge warteten immer viele Streicheleinheiten und eine klein geschnittene Möhre auf sie. Das alles sollten sie jetzt mit einem fremden Lama teilen?

»Es braucht ja wohl nicht noch ein drittes von uns für die Wanderungen, oder?«, motzte Petersilie.

»Ich weiß auch nicht, was die Menschen sich dabei gedacht haben«, seufzte Einstein. »So ein Neuer bringt doch alles durcheinander. Was, wenn er ein Frühaufsteher ist, oder …« Einstein überlegte, was seinen gemütlichen Alltagstrott sonst noch stören könnte. »Oder wenn er dauernd reden will?«

»Bestimmt ist der Neue total doof«, befand seine Lama-Freundin. »Ich will ihn jedenfalls nicht hier haben!«

Einstein schüttelte seinen karamellfarbenen Schopf. »Ich fürchte, wir haben keine Wahl. Du hast gehört, was die Hausmenschen gesagt haben. In ein paar Stunden bringen sie das Lama her.«

»Mit dem rede ich kein Wort. Und anspucken tu ich es auch«, drohte Petersilie.

»Nun warte doch erst einmal ab. Vielleicht ist es ja ganz nett«, versuchte Einstein das weiße Lama zu besänftigen. Doch Petersilie drehte ihm wortlos ihr wolliges Hinterteil zu und schmollte.

Seufzend ließ sich Einstein ins weiche Stroh plumpsen. Wenn Petersilie nicht mit ihm redete, konnte er genauso gut weiterschlafen. Wer weiß, ob das noch möglich war, wenn erst mal das neue Lama hier wohnte. Bestimmt war es dann mit der Ruhe im Stall erst einmal vorbei. Einstein schloss die Augen. So hatte er sich seinen Geburtstag eigentlich nicht vorgestellt!

Ein Neuer namens Vokuhila

Einige Stunden später grasten die beiden Lamas auf der Koppel. Plötzlich war ein Rumpeln zu hören.

Einstein spitzte die Ohren. »Das muss der Transporter mit dem Neuen sein!«, rief er.

Petersilie hob nicht einmal den Kopf. »Ist mir lamaegal«, sagte sie. Aber als Einstein nicht hinsah, schlich sie zum Koppelzaun und reckte den Hals.

Tatsächlich bog in diesem Moment das Auto der Sonnenscheins um die Ecke. Es zog den großen Anhänger hinter sich her. Gleich darauf hielt der Wagen direkt neben dem Lama-Gehege. Die Türen wurden aufgerissen und heraus sprangen Finja und Lilly.

»Da sind wir!«, rief Finja. Ihre Eltern stiegen ebenfalls aus.

»Helft mir mal, die Rampe runterzulassen«, rief der Vater.

Aus dem Inneren hörte man noch mehr Gerumpel. Dann ein nervöses Trappeln.

»Ganz ruhig, mein Kleiner«, ertönte Knut Sonnenscheins tiefe Stimme. Als Polizist war er es gewohnt, Ruhe zu bewahren. Mit seinen starken Händen löste Knut die hintere Verriegelung des Transporters. Dann stellte er sich seitlich links hinter den Hänger, Lisa Sonnenschein trat auf die rechte Seite. Gemeinsam ließen sie langsam und vorsichtig die Rampe hinunter, bis das obere Ende auf dem Boden lag.

»So, jetzt hole ich ihn raus.« Knut verschwand im Inneren des Hängers.

Lilly und Finja trippelten vor Ungeduld auf der Stelle.

Auch Petersilies Hals wurde überm Koppelzaun länger und länger.

»Du bist ja doch neugierig«, warf Einstein ihr vor.

»Bin ich nicht«, rief seine Lama-Freundin.

»Bist du wohl!«

»Nein!«

»Doch!«

Ehe sie sich aber richtig in die Lama-Wolle kriegen

konnten, schob sich ein puscheliger Popo rückwärts aus dem engen Transporter. Die beiden verstummten schlagartig. Schritt für Schritt erschien der Rest ihres neuen Mitbewohners. Er war vom Kopf bis zu den Hufen pechschwarz. Jetzt stand er mitten auf dem Hof und blinzelte leicht verwirrt in das helle Tageslicht.

»Wie sieht der denn aus?«, flüsterte Petersilie. Tatsächlich hatte ihr neuer Stallgenosse eine etwas, nun ja, eigenwillige Frisur. Vorne stand sein Haarschopf senkrecht zu Berge, am Hinterkopf fiel ihm das schwarze Fell dagegen lockig zwei Handbreit über den Nacken.

Lilly lief zum Koppelgatter. »Das ist Vokuhila«, rief sie den beiden Lamas zu und deutete auf den Neuen.

»Die Abkürzung für *vorne kurz, hinten lang*«, ergänzte ihre Schwester Finja vergnügt. »Wegen seiner Haare«, fügte sie hinzu und drehte eine ihrer roten Locken um den Finger.

»Als ob wir das nicht selbst kapiert hätten«, grummelte Einstein, »wir sind ja nicht blöd.« Misstrauisch musterte er den Neuzugang.

Da machte der einen Satz auf ihn und Petersilie zu. »Hallihallo«, schrie Vokuhila vergnügt und verpasste dem verdutzten Einstein mit seinem Kopf einen liebevollen Knuff. »Die Menschen haben gesagt, dass ich hier zwei neue Freunde finde. Das müsst ihr sein, oder? Hä? Hä?« Vor Begeisterung vollführte er einen kurzen Trippel-Tanz.

Petersilies Augen waren groß wie Teller. Nicht einmal ihr fiel so schnell eine Antwort ein, während Einstein die Schnute offen stand.

Vokuhila störte das Schweigen nicht, er plapperte munter weiter. »Ich hab mich schon so auf euch gefreut! Dort, wo ich herkomme, war ich das einzige Lama. Die

Hunde und der Esel waren ganz okay, aber jetzt …« Das schwarze Tier holte tief Luft und strahlte Einstein und Petersilie an. »Jetzt bin ich nicht mehr allein. Ist das nicht ober-super-duper?«

Ehe es sich Petersilie versah, hatte Vokuhila ihr einen dicken Kuss auf ihre wollige Lama-Wange gedrückt.

Oh weh, dachte Einstein, das geht schief! Er sah Petersilie schon vor sich, wie sie Vokuhila einen schlabberigen Schleimklumpen vor die Füße spuckte.

Da! Schon verzog Petersilie das Gesicht. Doch zu Einsteins Überraschung lächelte die weiße Lama-Dame. »Hallo, Vokuhila. Ich bin Petersilie. Und das da«, sie deutete mit dem Kopf auf ihren Freund, »ist Einstein. Er wirkt manchmal ein bisschen schlecht gelaunt. Aber mach dir nichts draus, er ist eigentlich ganz in Ordnung.«

»Wie bitte?«, japste Einstein. »Schlecht gelaunt? Das sagt ausgerechnet die Oberzicke des Gutshofs?«

»Wen nennst du hier Oberzicke, du … du … lahmes Lama?«, gab Petersilie zurück. Angriffslustig baute sie sich vor Einstein auf. Da ertönte ein Lachen.

»Me-meeega! Ihr seid echt voll lustig«, rief Vokuhila vergnügt. Er schmiegte seinen Kopf erst an Petersilies

und dann an den von Einstein. »Ich bin so glücklich. Ich hatte noch nie richtige Freunde.«

Petersilie schluckte. Sie und Einstein warfen sich über Vokuhilas Kopf hinweg einen Blick zu. Sie konnten nicht anders. Sie mussten das schwarze Lama einfach in ihr Herz schließen.

»Dann sind *wir* ab jetzt deine Freunde«, beschloss das weiße Lama und Einstein nickte.

»Echt?«, blökte Vokuhila beglückt. »Oh wau! Das ist superklasse, das ist …« Er machte erneut Anstalten, die beiden Lamas abzuknutschen.

»Halt«, gebot Einstein energisch. »Es gibt Regeln in einer Freundschaft. Regel Nummer eins: keine Küsse!«

»Alles klar«, gab Vokuhila zurück. »Und wie lautet Regel Nummer zwei?«

»Ööööh, äääh es gibt nur diese eine«, beschloss Einstein.

»Abgemacht!«, rief das schwarze Lama fröhlich. Er schlabberte Petersilie und Einstein mit seiner langen Zunge blitzschnell hintereinander über ihre Schnauzen, dann drehte er sich um. »Wo gibt's hier was zu essen?«

Einstein wischte sich unauffällig seine kuss-feuchte Nase am Koppelgatter ab.

Petersilie schielte zu ihm hinüber. »Regeln in der Freundschaft, soso!«, spottete sie.

»Na ja, er ist noch jung. Bestimmt lernt er es noch«, rechtfertigte sich Einstein. Er wollte nicht zugeben, dass sein erster Erziehungs-Versuch voll in die Hose gegangen war.

»Na, ihr drei? Wie ich sehe, versteht ihr euch prächtig«, freute sich Knut Sonnenschein. Er, Lisa und die beiden Kinder hatten die Lama-Begrüßung gespannt verfolgt. Jetzt kamen sie näher und kraulten Petersilie, Einstein und Vokuhila zärtlich hinter den Ohren.

»Hm, geht so«, nuschelte Einstein.

Petersilie schwieg. Sie hatte die Augen geschlossen und genoss die Streicheleinheiten. Genau wie Vokuhila. Zum Glück kam bei vier Menschen keins der Lamas zu kurz.

Doch auch die beiden Sonnenschein-Mädchen wurden von seinen nassen Nasenküssen nicht verschont. Im Gegensatz zu Einstein fanden Finja und Lilly das aber lustig, sie kicherten und quietschten.

»Seht mal, da kommen Tim, Mina und Fussel«, sagte ihre Mutter. Sie deutete auf die drei Gestalten, die die Einfahrt hochgelaufen kamen.

»Ist das neue Lama schon da? Dürfen wir es sehen? Und streicheln?«, riefen Mina und Fussel durcheinander.

Mina war Finjas beste Freundin und Fussel ihr bester Freund. Minas Bruder Tim war meistens auch mit von der Partie, auch wenn er ein Jahr älter als Mina und Finja war. Deswegen versuchte er, cool zu wirken. Aber heimlich schielte auch er neugierig auf den wollig-schwarzen Vokuhila.

»Was haltet ihr davon, wenn wir mit den drei Lamas

einen kleinen Spaziergang machen?«, schlug Lisa Sonnenschein vor. »Dann kann unser Neuling sich gleich daran gewöhnen.«

»Au ja«, riefen und blökten Kinder wie Lamas gleichzeitig.

Kurz darauf liefen die drei Tiere einträchtig nebeneinanderher. Jedes trug ein Halfter mit Strick. Finja und Tim führten Einstein, Lilly, Mina und Fussel hatten Petersilie. Lisa Sonnenschein kümmerte sich um Vokuhila. Schließlich war es seine erste Wanderung.

Das schwarze Lama kriegte sich kaum ein. »Guckt mal, die Blumen! Ui, da ist ein Schmetterling! Und dort ein Bach, juhuuuuu!«

Einstein rollte mit den Augen und sah zu Petersilie hinüber. Die kicherte leise. Insgeheim musste Einstein auch über Vokuhilas Begeisterung schmunzeln. Beide genossen den gemächlichen Ausflug und summten ein wenig vor sich hin. Das taten Lamas immer, wenn sie zufrieden waren. Allmählich übertrug sich die Ruhe auf Vokuhila. Sein Geplapper verstummte und er trottete glücklich zwischen seinen neuen Freunden.

Zurück im Stall fiel das schwarze Lama jedoch noch vor dem Abendessen in einen tiefen Schlaf.

»K. o. im Stroh«, kommentierte Einstein seinen schnarchenden Nachbarn.

»Er hatte auch einen anstrengenden Tag«, verteidigte ihn Petersilie. »Erst der Transport, dann die neue Umgebung und der Spaziergang … Ich bin auch schrecklich erschöpft. Aber das interessiert ja hier niemanden.«

Einstein seufzte. Da war sie wieder, die typische Petersilie-Nummer. Dabei war es doch sein Geburtstag und eigentlich hätte er im Mittelpunkt stehen sollen, oder? Aber Einstein war zu müde zum Streiten. »Gute Nacht, Petersilie«, sagte er daher nur.

Ein leises Grummeln war die Antwort.

Kurze Zeit später schnarchten die drei Lamas im Chor. Nur der Mond war noch wach und beschien Gut Erlenbach mit seinem silbrigen Strahl.

Vokuhila träumte. Vor ihm stand ein ganzer Eimer voll kernigem, süßem, köstlichem Müsli. Gerade wollte er seine Lama-Nase hineinversenken, da wachte er von einem merkwürdigen Geräusch auf. Es gurgelte und grummelte. Vokuhila spitzte die Ohren. Er blickte nach rechts, dann nach links und schließlich nach unten. Da merkte er: Es war sein Bauch! Er war an seinem eigenen

Magenknurren aufgewacht. Kein Wunder, schließlich hatte er das Abendessen verschlafen. Doch statt Müsli lag nur ein Haufen Heu in der Ecke des Verschlags. Lustlos mümmelte Vokuhila ein wenig davon. Zur Not müsste er anfangen wiederzukäuen, wie Lamas das eben so tun.

Da vernahm er mit einem Mal Schritte draußen im Hof. Sie klangen leise und verstohlen, aber es war eindeutig ein Zweibeiner, der da kam! Erwartungsvoll reckte Vokuhila seinen Kopf aus dem Fenster des Lama-Stalls. Durch den schmalen Spalt konnte er im hellen Mondlicht eine dunkle Gestalt erkennen, die aus dem Gutshaus kam. Sie trug einen Sack über der Schulter und näherte sich dem Stall.

Vokuhila trippelte aufgeregt von einem Vorderhuf auf den anderen. Bestimmt bekam er jetzt sein versäumtes Abendessen!

»Hier-heeeer zu mi-miiii-miiir«, rief er freudig. Doch die dunkle Gestalt – lief einfach vorbei! Mit dem ganzen Sack voll Müsli!

»Heeee, hiergeblieben!«, blökte das schwarze Lama, doch vergeblich.

Schon war der Zweibeiner um die Ecke verschwunden.

Gleich darauf herrschte wieder vollkommene Stille. So als ob nichts gewesen wäre.

Vokuhila blickte auf Petersilie und Einstein. Seine beiden Freunde hatten nichts bemerkt, sondern schnarchten ungerührt weiter. Seufzend knickte Vokuhila erst seine Vorder- und dann die Hinterbeine ein und legte sich auch wieder schlafen. Wehmütig erinnerte er sich an die Köstlichkeiten, von denen er geträumt hatte. Ehe er wieder einschlummerte, kam ihm noch ein Gedanke. Vielleicht war ja die dunkle Gestalt auf dem Hof auch nur ein Traum gewesen?

Ein Diebstahl und große Aufregung

»Das gibt es doch nicht! Nein, ich glaube das einfach nicht!« Die aufgebrachte Stimme ihrer Mutter weckte Finja und Lilly am nächsten Morgen. Die zwei Schwestern blickten sich verschlafen an. Lilly hatte einen Knautsch-Abdruck vom Kissen auf der linken Wange, während Finjas rötliche Locken nach allen Seiten vom Kopf abstanden.

»Was hat Mama denn?«, fragte Lilly verschlafen. Normalerweise war Lisa Sonnenschein die Ruhe in Person.

Ihre Schwester zuckte die Schultern. »Keine Ahnung, ich hab nichts angestellt!«

»Ich auch nicht«, rief Lilly schnell. »Vielleicht ist Frau

Müller durchs offene Fenster in die Küche geklettert und hat was geklaut?«

Frau Müller war die grau-weiß getigerte Katze von Gut Erlenbach. Sie liebte es, den ganzen Tag draußen herumzustreunen. Aber nachts bekam sie oft Hunger und schlich sich dann in die Küche der Sonnenscheins. Mal mehr, mal weniger erfolgreich.

»Los, wir gucken nach«, rief Finja und war schon aus dem Bett gesprungen.

Lilly beeilte sich, ihrer Schwester zu folgen. »Warte auf mich!«

Als die beiden Mädchen die Treppe vom ersten Stock hinuntersprangen, stand ihre Mutter mitten in der großen Eingangshalle des alten Gutshofs.

»Mama, was ist denn? Hat Frau Müller was kaputt gemacht?«, wollte Finja wissen.

Lisa Sonnenschein drehte sich zu ihren Töchtern um. Sie sah ziemlich blass und aufgelöst aus. »Bei uns ist heute Nacht eingebrochen worden«, sagte sie tonlos.

»Was?«, riefen Lilly und Finja gleichzeitig.

»Wer war das?«, fügte Lilly hinzu.

»Wenn wir wüssten, wer das war, dann wär's kein Einbruch, oder?«, belehrte die ältere Finja sie.

»Ich habe schon euren Vater angerufen«, sagte Lisa Sonnenschein. »Er hatte die ganze Nacht Dienst auf dem Polizeirevier.«

»Dann kann er ja gleich mit seinen Kollegen den Einbruch aufklären«, meinte Finja. Sie dachte immer praktisch.

Tatsächlich bog nicht lange danach ein Polizeiwagen in die Hofeinfahrt. Knut Sonnenschein und ein Kollege stiegen aus. Beruhigend nahm der Vater seine Familie in den Arm. »Geht es euch gut?«

Seine Frau und die beiden Mädchen nickten. »Der Einbrecher muss mitten in der Nacht hier gewesen sein. Wir haben nichts gehört.«

»Finja und ich haben tief und fest geschlafen«, erklärte Lilly.

»Was hat er denn gestohlen?«, fragte Knut Sonnenscheins Kollege. Er war ein gemütlicher älterer Polizist mit einem grauen Bart.

»Oh, ähm, da habe ich noch gar nicht nachgesehen«, stotterte Lisa Sonnenschein. »Ich war so erschrocken.«

»Das kann ich verstehen.« Knut legte seiner Frau tröstend einen Arm um die Schulter und gemeinsam mit den Kindern gingen sie ins Haus, um nachzusehen.

»Was ist denn mit unseren Hausmenschen los?« Einstein und Petersilie waren vom Motorengeräusch des Polizeiautos aufgewacht. Jetzt drängten sie sich ans Stallfenster, um hinauszublicken. Knut Sonnenschein trug seine Uniform und verschwand soeben im Haus, gefolgt von seinem Polizei-Kollegen.

»Versteh ich nicht«, sagte Einstein und schubberte ratlos seinen dichten Haarschopf an der Stallmauer. »Wieso ist die Polizei bei uns?«

»Weil Knut Polizist ist?«, gab Petersilie zurück.

Einstein schnaubte. »Weiß ich selbst. Aber denk doch mal nach. Er hat seine Polizeiuniform an. Das Polizeiauto steht auf dem Hof und ein zweiter Beamter ist da. Also ist Knut nicht im Feierabend.«

»Natürlich nicht. Es ist ja früh morgens«, gab seine Freundin zurück.

»Orrrr, Petersilie!«

»Schon gut, ich weiß, was du meinst. Aber jetzt erfahren wir sowieso nichts. Wir können nur abwarten.« Petersilie zog ihren Schopf aus dem schmalen Fensterspalt. »Wenigstens hat sich deine Befürchtung nicht bewahrheitet«, sagte sie zu Einstein und wies mit dem Kopf auf das schwarze Lama. Vokuhila lag ausgestreckt im Stroh und schnarchte leise vor sich hin. »Er ist kein Frühaufsteher.«

Im alten Gutshof berieten sich die Sonnenscheins.

Lisa wies auf die Tür zur Terrasse. Ein Stück Fensterglas war zerbrochen. »Der Einbrecher ist hier eingestiegen.«

»Er hat die Scheibe eingeschlagen. Dann hat er durch das Loch gefasst und den Griff gedreht«, stellte Knut fest.

Lisa schüttelte den Kopf. »Das verstehe ich nicht. Wieso bricht jemand bei uns ein – und klaut dann nur ein altes Öl-Gemälde?«

»Halt, stopp!«, rief Finja plötzlich. »Erinnert ihr euch an die silbernen Kelche? Zwei davon standen auf dem schmalen Tischchen im Esszimmer.«

»Die sind auch weg«, ergänzte Lilly. Sie ärgerte sich ein bisschen, weil ihre Schwester den Diebstahl als Erste bemerkt hatte.

»Die waren nur versilbert und daher auch nicht wertvoll«, entgegnete Knut Sonnenschein. Er runzelte die Stirn und blickte seinen Kollegen an. »Merkwürdig, oder?«

Der ältere Polizist nickte. »Habt ihr denn keine Alarm-Anlage?«, fragte er dann streng.

»Wofür?«, gab Knut zurück. »Wir sind weder reich noch gibt es auf unserem alten Hof irgendwelche Schätze.«

»Außerdem sind wir totale Chaoten«, gab seine Frau zu. »Ich weiß selbst nie, wo ich meinen Geldbeutel hingelegt habe.«

»Stimmt«, lachte Lilly. »Und nach einem Ring oder deiner Halskette suchst du auch oft ziemlich lange.«

Knut Sonnenschein nickte. »Da müsste jeder Dieb stundenlang stöbern, bis er etwas Wertvolles bei uns findet.«

»Aber jetzt ist eingebrochen worden. Wahrscheinlich hat der Einbrecher nur deswegen so wenig Beute gemacht, weil er gestört wurde.« Der ältere Polizist blieb hartnäckig.

»Aber von wem wurde er aufgescheucht? Wir haben alle geschlafen«, widersprach Lisa.

»Und Papa war nicht da«, ergänzte Finja.

Knut atmete tief durch. »Wie auch immer. Wir nehmen eine Anzeige auf. Und dann bestelle ich eine Alarm-Anlage. Damit so etwas nicht mehr vorkommt.«

Finja und Lilly schlichen nach draußen. Ihre Eltern bemerkten das Verschwinden der Kinder gar nicht. Ebenso wenig wie Finjas Gesichtsausdruck. Doch Lilly wusste genau, was los war: Wenn ihre Schwester auf diese Weise die Nase krauszog, hatte sie eine Idee.

Kurz darauf waren Mina, Tim und Fussel zur Stelle. Um Kriegsrat zu halten, kletterten die fünf Kinder auf den Heuboden. Dort lagerte – wie der Name schon sagte – das Heu für die Lamas. Außerdem noch einige dicke Strohballen, mit denen ihr Stall eingestreut wurde. Bis sie gebraucht wurden, konnte man aber prima auf ihnen sitzen.

Praktischerweise befand sich die Luke des Heubodens genau über dem Stall der Lamas. So konnten Einstein und Petersilie alles hören. Samt Vokuhila, der inzwischen aufgewacht war. Mit großen Augen lauschten die drei Lamas, wie die Sonnenschein-Schwestern ihren Freunden von dem Einbruch berichteten.

»Aber der Dieb hat fast nichts gestohlen«, beendete Finja den Bericht.

»Nur ein altes Bild und zwei Silberkelche. Und die waren nicht mal echt«, ergänzte Lilly.

»Trotzdem muss der Einbrecher gefunden und bestraft werden«, fand Fussel.

Tim und Mina nickten. »Genau. Klauen geht gar nicht! Vor allem, weil er dabei noch die Scheibe von unserer Terrassen-Tür kaputt gemacht hat.«

»Papa denkt, dass er den Dieb nicht erwischt«, gab Lilly zu bedenken. »Für umfangreiche Ermittlungen der Polizei ist nämlich zu wenig gestohlen worden, was wertvoll ist, sagt er.«

»Dafür kauft er jetzt eine Alarm-Anlage«, ergänzte Finja.

Unten im Stall blickten die Lamas sich an. »Ein Einbrecher!« Petersilie war fassungslos. »Wenn ich den erwische! Den mach ich fertig! Ich spuck ihn an, bis er sich nicht mehr rührt, ich …«

»Hallo, Petersilie!«, unterbrach Einstein seine aufgebrachte Freundin. »Du wirst den Einbrecher nicht finden!«

»Werd ich wohl!«

»Wirst du nicht!«

»Werd ich doch!«

»Und wie?«, wollte Einstein wissen »Wir haben letzte Nacht noch nicht mal was bemerkt!«

»Doch«, tönte es schüchtern.

Petersilie und Einstein unterbrachen ihren Streit und wandten die Köpfe.

Vokuhila schnaubte aufgeregt. »Ich bin nachts aufgewacht. Weil ich von Müsli geträumt habe. Mann, sah das lecker aus …«

»Komm zum Punkt«, knurrte Einstein.

»Ja, ähm, also. Ich hab jemanden über den Hof gehen sehen«, erinnerte sich Vokuhila.

»Und wen?«

»Einen Zweibeiner.« Stolz blickte das schwarze Lama seine beiden Freunde an.

Einstein rollte mit den Augen. »Hast du ihn erkannt?«

»Nein!«, rief Vokuhila empört. »Es war doch dunkel!«

»Toll. Das bringt uns jetzt auch nicht weiter«, stellte Petersilie fest.

Vokuhilas Nase sank herab. »Aber … ich dachte, ich bin euch eine Hilfe!« Er sah ganz verzweifelt aus.

Sofort taten Petersilie ihre harten Worte leid. Auch Einstein hatte ein schlechtes Gewissen.

»Du hilfst uns natürlich«, versicherte er dem Neuling.

»Klaro«, bestätigte Petersilie. »Immerhin wissen wir jetzt, dass der Einbrecher ein Mensch war und kein … Elefant.«

»Echt? Ich hab euch geholfen? Super!«, rief Vokuhila.

»Seid doch mal leise da unten«, mahnte Finja die drei Lamas. »Wir müssen nachdenken!«

Ungehalten sah Petersilie nach oben. »Was denkst du denn, was wir tun? Kaffeekränzchen abhalten?«, meckerte sie.

»Ach, lass sie doch. Die haben eben keine Ahnung«, grummelte Einstein.

»Wir werden unseren Hausmenschen helfen, den Dieb zu fangen«, beschloss Einstein. »Dafür müssen wir aber ermitteln!«

»Super-duper-Idee«, blökte Vokuhila. Er kratzte sich seinen Schopf an der Boxentür. »Was heißt ›ermitteln‹?«

»Wir werden Lama-Detektive«, erklärte Einstein. Wir suchen nach Spuren und Hinweisen, die zu dem Dieb führen.«

»Genau«, rief Petersilie. »Und dann … schlagen wir zu!«

»Jetzt brauchen wir nur noch einen Namen. Hmmm, mal überlegen. Die Kamel-Kommissare? Die Puschel-Polizei? Oder … der wollige Wachdienst!«

»Neee! Das klingt voll albern«, meckerte Petersilie. »Wir brauchen was … Cooles!«

»Die Lama-Gang«, fiel Einstein ein.

»Au ja! Das ist ein toller Name«, schrie Vokuhila begeistert.

Petersilie kniff die Augen zusammen. »Das wollte ich auch gerade vorschlagen«, behauptete sie.

Einstein schnaubte. »Das sagst du jetzt nur so. In Wirklichkeit hast du keinen Schimmer von coolen Namen.«

»Hab ich wohl!«

»Hast du nicht!«

»Doch! Du bist nur ein Großmaul und hast meine Idee geklaut«, schmollte Petersilie. »Ich trete aus der Gang aus!«

»Du bist ja noch nicht mal eingetreten«, gab Einstein zurück.

Vokuhila hatte mit großen, ängstlichen Augen die Kabbelei verfolgt. »Bitte, bitte, streitet euch nicht. Ihr seid beide meine Freunde. Ich will nicht, dass ihr böse aufeinander seid«, bettelte er. Dabei sah er so traurig aus, dass es Einstein und Petersilie ganz komisch im Magen wurde.

»Einigen wir uns auf unentschieden«, seufzte Einstein.

Petersilie nickte hoheitsvoll. »Na gut!«

»Trotzdem braucht eine Gang einen Chef. Und der bin ich«, stellte Einstein klar.

»Wie jetzt? Und was ist mit mir? Und mit Vokuhila?«, meldete Petersilie sich sofort lauthals.

»Du wirst Vize-Präsidentin«, beschloss Einstein schnell. »Und Vokuhila wird, äh … Kanzler!«

»Genial«, rief das schwarze Lama. »Ich wollte schon immer Kanzler sein!« Er blickte von einem zum anderen. »Was ist denn ein Kanzler?«

»Jemand ganz Wichtiges«, bügelte Einstein ihn ab. »So, und jetzt machen wir einen Plan, wie wir den Einbrecher zur Strecke bringen.«

Da steckten Finja und Lilly ihre Köpfe durch die Heu-Luke und blickten nach unten. »He, ihr drei! Wir haben gerade beschlossen, dass wir den Dieb auf eigene Faust fangen«, berichtete Finja.

»Wir haben dafür extra eine Bande gegründet«, ergänzte Lilly vergnügt. »*Die fünf Detektive* heißen wir. Was sagt ihr jetzt?«

Die drei Lamas blickten sich an.

»Wie? Was? Die sind plötzlich auch Detektive?«, stotterte Einstein.

Petersilie wurde sauer. »Das war unsere Idee! Finja und Lilly haben sie geklaut!«, röhrte sie und sah aus, als wollte sie gleich anfangen zu spucken.

Einstein stupste sie beruhigend mit der Nase in die Flanke. »Was soll's«, sagte er. »Erstens klingt *Lama-Gang* viel lässiger als *Die fünf Detektive*. Und zweitens werden wir ja sehen, wer den Einbrecher stellt!«

»Du hast recht«, befand Petersilie. »Was können die beschränkten Menschen schon, was wir Super-Lamas nicht können?«

»Was denn?«, fragte Vokuhila neugierig.

»Nichts«, rief die Lama-Dame triumphierend. »Deswegen werden wir ihnen zuvorkommen. Oder, Einstein?«

Das braun gefleckte Lama nickte. Insgeheim jedoch wusste Einstein, dass es nicht so leicht werden würde, den Diebstahl aufzuklären. Doch das wollte er seinen zwei Freunden nicht auf die Lama-Nasen binden. Er holte tief Luft und sah Petersilie und Vokuhila feierlich an. »Die *Operation Diebstahl* der Lama-Gang kann beginnen!«

Spurensuche und Spürnasen

So einfach war das jedoch nicht. Schließlich waren die drei Tiere entweder in ihrem Stall oder auf der Koppel. Was bedeutete, dass sie nicht mal so eben auf die Jagd nach dem Dieb gehen konnten. Aber auch die Sonnenschein-Kinder und ihre Freunde hatten es nicht leicht. Zwar waren sie als Menschen in der Lage, sich frei zu bewegen, trotzdem bekamen sie ebenfalls einen ordentlichen Dämpfer bei ihren Ermittlungen – und zwar von Knut Sonnenschein. Er erwischte *Die fünf Detektive* im Wohnzimmer, wie sie mit einer Lupe und schwarzem Staub hantierten.

»Das ist Fingerabdruck-Pulver«, erklärte Lilly ihrem Vater.

»Wir haben es selbst hergestellt!«, ergänzte Finja stolz.

»Man muss die Spitze eines Bleistifts mit einer Nagelfeile fein abreiben und …«

»Schluss damit«, unterbrach Knut Sonnenschein streng. »Ihr macht nur Schmutz, und eure Mutter flippt aus, wenn sie alles putzen muss. Sie ist sowieso schon nervös wegen dieser Einbruchsache.«

»Aber genau deswegen ermitteln wir doch«, widersprach Tim. Er sah Knut Sonnenschein an. Sein linkes Auge war durch die Lupe riesig vergrößert, was den Polizisten etwas aus dem Konzept brachte.

Doch ein erneuter Blick auf den grauen Bleistiftstaub, der über den Fußboden verteilt war, genügte. Energisch scheuchte Knut Sonnenschein die fünf Hobby-Detektive ins Freie.

»Lasst die Polizei ihre Arbeit machen«, befahl er streng. »Ihr entdeckt sowieso keine neuen Spuren.« Er schob Lilly, die sich nicht recht von ihrem Fingerabdruck-Pulver trennen konnte, aus der Tür. »Geht schaukeln oder Fahrrad fahren. Aber stört mich bitte nicht bei der Arbeit!«

»Pah, von wegen Arbeit. Papa nimmt den Einbruch doch gar nicht ernst«, beschwerte sich Finja kurze Zeit später. Sie und ihre Freunde hatten sich wieder auf den

Heuboden zurückgezogen. Aufmerksam belauscht von den drei Lama-Detektiven.

»Wir müssen uns in Zukunft unauffälliger verhalten«, beschloss Tim. »Das nennt man ›Ander-kawer-Ermittlung‹. Hab ich mal im Fernsehen gehört. Das ist amerikanisch und heißt so viel wie *verdeckt* oder *geheim*.«

»Püh«, meckerte Petersilie. »Wir haben längst kapiert, dass man das geheim machen muss. Das weiß ich auch, ohne Amerikanisch zu können. Wir sind sowieso viiiiiel schlauer!«

»Petersilie, sei still«, rief Lilly. »Du störst uns beim Denken!«

Doch die weiße Lama-Dame dachte nicht daran. »Seit wann könnt ihr denken, häh?«, blökte sie zurück.

»Kommt, wir gehen auf den Hof und suchen dort nach Spuren«, beschloss Tim. »Hier ist es zu laut.« Die fünf sprangen vom Heuboden und liefen aus dem Stall.

»Jaja, sucht ihr nur. Aber ihr werdet schon sehen – oder auch nicht«, rief Petersilie ihnen hinterher.

Aber Einstein war sauer. »Warum musstest du sie vertreiben? Jetzt hören wir nicht mehr, über was sie reden«, warf er seiner Lama-Freundin vor. »Dann haben sie einen Vorsprung und fangen den Dieb vielleicht vor uns!«

»Quatsch«, widersprach Petersilie. »Das schaffen die nie!«

»Wir aber auch nicht«, schaltete Vokuhila sich ein. »Jedenfalls nicht, solange wir in unserem Stall eingesperrt sind.«

»Wir können unsere Hausmenschen ja bitten, uns rauszulassen. Das verstehen sie sicher und machen es gerne«, spottete Einstein.

»Echt?«, fragte Vokuhila erstaunt. »So einfach ist das?«

Einstein seufzte. Ihr neuer Freund war ziemlich unempfindlich gegen Humor aller Art. »Nein, natürlich nicht. Das war ein Witz«, erklärte er.

»Ach so. Ich hab schon gedacht, mein Trick mit dem Aufkriegen von Riegeln wäre nutzlos«, sagte Vokuhila erleichtert.

Einstein und Petersilie rissen die Köpfe hoch. »Riegel aufkriegen? Trick?«, riefen sie durcheinander.

Statt einer Antwort zog Vokuhila seine Nase kraus. Es sah sehr lustig aus – fast so, als müsse er niesen. Stattdessen stupste er mit der Schnauze gegen den eisernen Verschluss der Boxentür. Ein Mal, zwei Mal – bis er ihn nach oben bewegen konnte. Dank seiner gespaltenen Oberlippe, die alle Lamas besitzen, konnte Vokuhila das lange Eisenstück zwischen die Zähne nehmen. Dann zog er daran. Mit einem leisen Knirschen bewegte der Riegel sich und die Tür schwang auf.

»Ooooh«, rief Petersilie bewundernd. »Das ist ja lamatastisch!«

Vokuhila machte gerade Anstalten, auf die Stallgasse zu treten, da hörte man aufgeregte Stimmen. Sie kamen rasch näher.

»Die Kinder. Schnell, Vokuhila! Zurück in unsere Box«, kommandierte Einstein.

Hastig trat das schwarze Lama ein paar Schritte zurück und verpasste der Tür mit dem Kopf einen Stoß, sodass sie wieder zuschwang. Keine Sekunde zu früh.

Schon betraten Lilly, Finja, Tim, Fussel und Mina den Stall. »Ich bin mir total sicher. Das sind Haare vom Einbrecher«, tat Tim lautstark kund.

»Und ich hab sie als Erste entdeckt. Auf dem Boden vor der Koppel«, krähte Lilly triumphierend.

»Aber nur, weil du mir die Lupe geklaut hast«, murrte Finja.

»Jetzt streitet euch nicht. Hauptsache, wir haben ein Indiz«, beschwichtigte Mina die beiden. »Zeig mal her, Tim!«

Die Kinder scharten sich um Tim. Auch die Lamas reckten neugierig die Hälse über ihren Verschlag und guckten. Tim öffnete feierlich seine geschlossene Faust. Auf seiner Handfläche lag ein Büschel dunkler kurzer Haare.

»Der Dieb ist eindeutig schwarzhaarig und hat Locken«, stellte Finja fest.

»Es könnte aber auch eine Dieb*in* sein. Schließlich gibt es auch Mädchen mit schwarzen Locken«, bemerkte Mina altklug.

»Wenigstens wissen wir mit Sicherheit, dass der Einbrecher oder die Einbrecherin nicht blond oder rothaarig ist«, verteidigte Lilly ihren Fund.

»Genau. Jetzt müssen wir nur noch nach jemandem suchen, der schwarze Locken hat.«

Einsteins Hals war inzwischen fast so lang wie der einer Giraffe, so angestrengt starrte er auf das Büschel dunkler Haare.

Dann warf er den Kopf zurück. »Ich weiß, wer dieser angebliche Einbrecher ist!«, rief er und wandte sich an das schwarze Lama. »Das sind doch eindeutig deine Haare, Vokuhila, oder?«

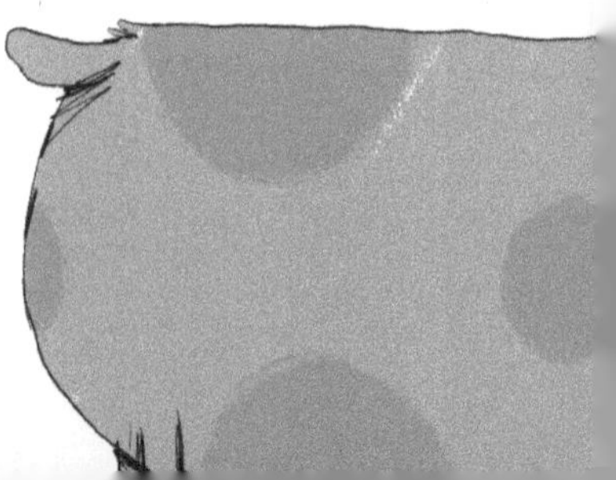

Vokuhila kniff die Augen zusammen. »Hm, ja, ich glaube schon«, gab er zu. »Ich hab mir bei meiner Ankunft doch den Kopf am Koppelzaun geschubbert. Gut möglich, dass ich da ein bisschen Fell verloren habe.«

Petersilie prustete los. »Hahaha! Schöne Detektive sind das. Finden eine Lama-Locke und denken, sie haben den Einbruch aufgeklärt!«

Auch Einstein und Vokuhila mussten lachen. Dreistimmiges Blöken und Gekecker hallte durch den Stall.

Die fünf Kinder wurden nun auch aufmerksam. »Was haben die denn?«, fragte Fussel verwundert.

»Vielleicht wollen sie Futter«, mutmaßte Mina.

»Quatsch, ihr Blindschleichen«, rief Petersilie.

»Wir lachen, weil das *meine* Haare sind, die ihr gefunden habt«, erklärte Vokuhila den fünfen.

»Ich glaube, sie haben Durst«, überlegte Fussel weiter.

»Nein! Haare! Meine. Fell! Verstehst du?« Vokuhila sprach extralangsam und deutlich.

»Vergiss es«, bremste ihn Einstein. »Unsere Hausmenschen sind einfach zu doof. Die verstehen unsere Sprache nicht.«

»Echt?«, wunderte sich Vokuhila. »Die Sonnenscheins auch nicht? Ich dachte, das wäre nur auf dem Hof, von dem ich komme, so. Tssss …« Er schüttelte so heftig den Kopf, dass seine schwarzen Locken im Nacken nur so flogen.

»Ähm, Moment mal«, sagte Finja, die das schwarze Lama beobachtete. Sie pflückte das Haarbüschel von Tims Handfläche und ging damit zu Vokuhila. Zutraulich streckte der seinen Kopf über die Tür und fuhr ihr mit der Zunge quer übers Gesicht.

»Hast du vielleicht ein bisschen Müsli für mich?«

»He, Vokuhila! Hör auf, mich abzuschlabbern. Ich muss was klären«, rief Finja und wischte sich kichernd das nasse Gesicht hab. »Außerdem ist die Tür vom Stall offen.« Beiläufig schloss sie den Riegel, ehe sie dem schwarzen Lama prüfend durch den Schopf fuhr. Anschließend drehte sie sich zu ihren Freunden um. »Das fühlt sich genauso an wie die Locke, die wir draußen gefunden haben«, erklärte sie. Sie warf einen Blick auf Vokuhilas Fell, dann auf ihre Handfläche. »Und die Farbe ist haargenau dieselbe.«

Inzwischen hatten sich auch Lilly und die anderen um Vokuhila versammelt. Vier Kinderhände fuhren durch sein Fell.

»Mmmmh, das tut so guuuuuut«, brummelte Vokuhila begeistert. »Kann mich einer von euch vielleicht noch ein bisschen mehr links hinterm Ohr kratzen …?«

»Boah«, unterbrach in diesem Augenblick Tims Stimme die Stille. »Wir haben echt Lama-Haare gesammelt. So ein Mist!«

»Ich muss doch sehr bitten!«, meckerte Petersilie aus der Ecke. »Andere Leute wären froh darum. Immerhin werden aus unserem Fell Pullis gestrickt. Oder Socken! Und die sind ganz schön teuer.« Sie schnaubte und fügte hinzu: »Vor allem, wenn sie von einem *weißen* Alpaka stammen! Wenn dieses dann noch *zufällig* Petersilie heißt, sind sie besonders kostbar …«

»Pullis, Socken – darum geht's doch jetzt nicht«, fuhr Einstein dazwischen.

»Tut es wohl!«, rief Petersilie empört.

»Nein!«

»Ach biiitteee, nicht wieder streiten«, bat Vokuhila.

Einstein stampfte mit dem Vorderhuf auf. »Als Präsident der Lama-Gang sage ich, wir müssen den Tatsachen ins Auge sehen! *Die fünf Detektive* haben versagt. Das heißt, jetzt sind wir gefragt!«

»Wieso? Wie, warum?«, wollte Vokuhila wissen.

»Nun ja. Du kannst Türen öffnen. Das heißt, ab sofort können wir uns frei bewegen.«

»Ja, solange es keiner merkt. Aber wenn unser Fehlen auffällt, ist was los! Dann fliegt hier die Kuh. Äh, dann steppt das Lama«, warf Petersilie ein.

»Deswegen werden wir auch nur dann rausgehen, wenn uns keiner sieht. Nämlich nachts, wenn alle schlafen«, sagte Einstein grinsend.

»Super Idee«, hänselte Petersilie. »Hast du mal dran gedacht, dass vielleicht auch Einbrecher nachts schlafen?«

Sie war einfach eine unverbesserliche Meckerliese, dachte Einstein. Aber er blieb ruhig. »Überlegt doch mal. Der Dieb kam nachts. Trotzdem hat er nur zwei billige Silberbecher und ein schäbiges Gemälde gestohlen. Bestimmt weiß er inzwischen, dass die Sachen wertlos sind. Was wird er also tun? Naaaa?«

»Du meinst … der Einbrecher kommt wieder?«, fragte Vokuhila zögernd.

»Genau«, blökte Einstein. »Nur, dass wir diesmal gewappnet sind. Wir halten Nachtwache. Abwechselnd. Und wenn er kommt …«

»… dann laufen wir davon«, rief Vokuhila.

»Nein«, donnerte Einstein. »Wir laufen ihm *nach*, stellen ihn und halten ihn fest. So lange, bis Knut wach ist.«

»Und die Polizei holt«, ergänzte Vokuhila fröhlich.

Einstein rollte die Augen. »Knut *ist* die Polizei! Der kann den Dieb gleich einsperren. Dann hat er Erfolg, aber *wir* sind die Helden!« Er blickte seine Freunde triumphierend an. »Seid ihr dabei?«

»Jaaa!«, schallte es zwei-lama-stimmig zurück.

Einstein nickte zufrieden. »Ich übernehme die erste Schicht!«

Nur ein schmaler Streifen Mondlicht erhellte den dunklen Hof von Gut Erlenbach. Wie eine Statue stand Einstein zwischen Stall und Gutshaus und hielt Nachtwache. Kein Laut war zu hören. Oder? Moment mal!

Ein leises Rascheln links neben ihm! Einstein spitzte die Ohren und wandte den Kopf. Eigentlich war das Geräusch für einen Menschen zu leise, aber wer wusste schon, wie gewitzt so ein Einbrecher war? Das Rascheln kam aus der Hecke, die die Auffahrt vom Hof säumte.

Lautlos, einen Huf vor den anderen setzend, schlich Einstein näher. »Halt, wer da?«, donnerte er dann. Zwei dunkle Knopfaugen blickten erschrocken zwischen den grünen Blättern hervor und ein leises Piepsen ertönte. Dann machte die graubraune Maus hastig kehrt und rannte davon. »Das ist vorsätzliche Irreführung der Ermittlungen! Lass dich hier ja nicht mehr blicken«, meckerte Einstein hinter ihr her. Als er sich umdrehte, um seinen Kontrollgang wieder aufzunehmen, prallte er gegen etwas Großes, Dunkles.

»Aaah! Räuber, Diebe, Mörder«, röhrte Einstein erschrocken.

»Oh nein! Wo? Hilfe!«, tönte es zurück.

»Vokuhila?«, fragte Einstein und kniff die Augen zusammen. Tatsächlich: Das schwarze Lama stand vor ihm. *Er* war das Hindernis, gegen das Einstein geprallt war. In der Dunkelheit war er jedoch wegen seines schwarzen Fells kaum zu sehen. »Was fällt dir ein, mich so zu erschrecken?«, meckerte Einstein seinen Stallgenossen an.

»Tut mir leid«, stotterte Vokuhila. »Ich konnte nicht schlafen. Und da dachte ich, ich leiste dir Gesellschaft. Weil du dich vielleicht fürchtest.«

»Pah«, murrte Einstein. »Etwa vor Mäusen? Oder Gespenstern?«

»Hier gibt's G-Ge-Gespenster?«, wieherte Vokuhila und stieg vor Schreck auf die Hinterbeine.

»Nein, nein«, rief Einstein hastig. »Alles gut, ich hab nur einen Witz gemacht!« Das fehlte noch, dass das schwarze Lama das ganze Gut zusammenschrie und die Sonnenscheins aufweckte.

»Ach so!« Vokuhila kam erleichtert wieder auf alle vier Hufe. »Aber wir können doch gemeinsam Wache halten und den Einbrecher fangen.«

Einsteins Schicht war allerdings jetzt zu Ende. »Du kannst entweder allein oder mit Petersilie übernehmen«, informierte er das schwarze Lama.

»Mit Petersilie«, rief Vokuhila schnell und folgte ihm in den Stall. Doch sooft Einstein auch ihren Namen rief – die weiße Lama-Dame öffnete nicht einmal ein Auge. Sie schlief einfach weiter.

»Also gut«, knurrte Einstein. »Eine Stunde schieben wir noch zusammen Wache. Dann wecke ich sie auf. Notfalls mit einer Ladung Spucke! Was meinst du, Vokuhila?«

Ein leises Schnarchen war die Antwort. Das schwarze Lama lag ausgestreckt in der Box. Sein wolliger Bauch bewegte sich in sanften Atemzügen auf und ab.

So viel zur Verbrecher-Jagd, dachte Einstein seufzend. Dann aber überlegte er, dass der Dieb – falls er wirklich aufgetaucht wäre – sowieso längst wieder umgekehrt war. Bei dem Gespenster-Tumult, den Vokuhila vorhin veranstaltet hatte!

Seufzend ging Einstein ebenfalls hinein und legte sich neben seine beiden Lama-Genossen schlafen. Morgen war schließlich auch noch ein Tag und vielleicht fanden sie ja dann eine heiße Spur!

Ein neuer Detektiv

Am nächsten Morgen verschliefen Einstein und Vokuhila das Frühstück. Die zwei Sonnenschein-Schwestern waren längst auf dem Weg zur Schule, während die beiden Lamas noch tief und fest schlummerten.

Nur Petersilie war munter. Sie hatte schon ihre Futter-Ration verputzt. Jetzt näherte sie sich Einstein. Vielleicht gelang es ihr ja, an seinen Trog zu kommen? Dann könnte sie noch ein paar Bissen von seinem Frühstück klauen, ehe er etwas merkte.

Zu seinem Glück wurde Einstein in diesem Moment wach. »He!«, blökte er Petersilie an. »Zähne weg von meinem Essen!«

»Ich wollte nur gucken, ob du auch genügend Frühstück bekommen hast«, erwiderte die scheinheilig. Insgeheim ärgerte sie sich aber, dass sie nicht schneller gewesen war. Einstein schien ihre Gedanken zu lesen, denn er drehte Petersilie sein Hinterteil zu und machte sich über sein Futter her.

»Was ist denn los?«, ertönte eine verschlafene Stimme. Vokuhila war ebenfalls aufgewacht und blinzelte nun gähnend seine beiden Freunde an. »Ist der Einbrecher noch aufgetaucht?«

»Das wüsstet ihr, wenn ihr Nachtwache gehalten hättet. So wie es ausgemacht war«, knurrte Einstein, das Maul voller Körner. »Aber Frau Petersilie musste ja ihren Schönheitsschlaf halten. Und du …«, er deutete mit dem Kopf auf Vokuhila, »… bist auch schneller eingepennt, als ich ›Schichtwechsel‹ sagen konnte.«

Vokuhila ließ kleinlaut die Nase sinken.

Doch Petersilie zeigte keine Spur von schlechtem Gewissen. »Ich habe vorausgeahnt, dass der Dieb sich gestern nicht blicken lässt«, behauptete sie. »Das ist mein siebter Lama-Sinn.«

»Pah. Un-Sinn vielleicht«, murmelte Einstein. Aber weil er wusste, dass es keinen Zweck hatte, mit seiner Freundin zu streiten, widmete er sich lieber wieder seinem Frühstück.

Zur selben Zeit standen Lilly und Finja mit Tim und Mina auf dem Schulhof. Fussel hatte erst später Unterricht. Die vier unterhielten sich über den Einbruch.

»Leider gibt's nichts Neues«, seufzte Finja. »Die Polizei behandelt den Fall als *Geringfügigkeit.*«

»Na hör mal, bei euch ist eingebrochen worden«, rief Tim laut.

»Psssst«, mahnte Mina, »schrei doch nicht so!«

»Mein Vater glaubt, dass es ein dummer Streich war«, fuhr Finja leise fort. »Weil nur wertloser Plunder geklaut wurde. Ein echter Dieb hätte nach Bargeld und teurem Schmuck gesucht, meint er.«

»Aber wer bricht denn aus Spaß irgendwo ein?«, fragte Mina und drehte eine Haarsträhne um ihren Finger. Die Sonnenschein-Mädchen zuckten die Schultern.

»Stimmt das? Bei euch war ein Einbrecher?« Die Kinder fuhren herum. Ein dunkelhaariger Junge stand hinter ihnen und musterte sie interessiert.

Mina fand zuerst ihre Sprache wieder. »Was geht's dich an?«

»Hi, Tobi«, sagte Tim. Er wandte sich den Mädchen zu. »Tobi geht in meine Klasse und wir spielen zusammen Fußball.«

Finja und Lilly musterten den fremden Jungen. Er lächelte freundlich und sah mit seinen braunen, etwas zerzausten Haaren eigentlich ganz nett aus. Kein Grund für Mina, ihn so anzumeckern.

»Ich hab gerade mitgekriegt, wie Tim was von einem Dieb erwähnt hat«, erklärte Tobi.

Finja funkelte Tim an. »Das sollte eigentlich geheim bleiben.« Der zog die Schultern hoch und schwieg.

Tobi legte den Kopf schief. »Habt ihr ihn schon erwischt?«

»Unser Vater ist Polizist. Er kümmert sich Tag und Nacht darum«, antwortete Lilly schnell. Was nicht ganz der Wahrheit entsprach.

»Na ja, ich frag ja nur. Mein Onkel ist nämlich Detektiv, und ich dachte, ihr braucht vielleicht Hilfe.«

»Detektiv? Echt?« Lilly blickte Tobi mit großen Augen an und auch die anderen drei horchten gespannt auf.

Tobi nickte. »Er hat schon viele Verbrecher erwischt.«

»Davon hast du aber noch nie was erzählt«, warf Tim ein.

»Logisch nicht. Weil ein Detektiv im Verborgenen arbeitet. Eigentlich darf ich nicht darüber reden, doch ich würde euch gern helfen. Aber wenn ihr nicht wollt …«

»Nee, ich meine: Doch! Klar wollen wir das. Oder?« Finja sah die anderen auffordernd an. Lilly nickte eifrig. Genau wie Mina.

Tim zögerte kurz. Ihm passte es nicht, dass Tobi auf einmal im Mittelpunkt stand. Andererseits hatten sie als Detektive bisher nicht gerade geglänzt. Vielleicht hatte Tobi durch seinen Onkel ja wirklich ein paar coole Tipps und Tricks auf Lager. »Okay, du kannst bei uns mitmachen. Wir sind nämlich *Die fünf Detektive* und suchen nach Spuren.«

»Super«, sagte Tobi und grinste schief. »Dann können wir ja zusammen Indizien sammeln.«

»Er ist wirklich gut«, flüsterte Lilly ihrer Schwester zu. »Sogar Fachwörter kennt er!«

»Was habt ihr denn bisher rausgekriegt?«, wollte Tobi wissen.

»Also …«, fing Tim an.

»Nix«, gab Finja gleichzeitig zu.

»*Nix* stimmt so nicht«, widersprach Tim hitzig.

»Ach nee. Dann sag doch mal«, zog Finja ihn auf. An Tobi gewandt fuhr sie fort. »Wir haben ein schwarzes Haar-Büschel gefunden. Aber das stammt von einem unserer Lamas.«

»Und unsere Mutter dachte gestern Abend, der Einbrecher wäre auch in der Küche gewesen. Dabei ist Petersilie nur auf dem Weg zur Koppel ausgebüxt und hat durchs offene Fenster Mamas Müslikekse aufgegessen«, kicherte Lilly. Sie erinnerte sich noch gut an die kurzzeitige Aufregung. Bis Lisa Sonnenschein auf die Idee gekommen war, im Lama-Stall nach der Papiertüte zu suchen, in der die Kekse eingepackt waren. Reste davon fanden sich in Petersilies Box. Zum Glück war das Papier für die Lamas nicht schädlich. Mit der strengen Order, künftig besser auf die Tiere aufzupassen, wurde das Thema abgeschlossen.

Dass Vokuhila Verriegelungen öffnen konnte, wussten die Sonnenscheins, zum großen Glück der Lama-Gang, ja nicht.

Mina, Tim und auch Tobi lachten, als sie von Petersilies Keks-Raub hörten.

Dann aber wurde Tobi ernst. »Das heißt, ihr wisst weder, wie der Täter aussieht, noch ob er alleine war«, fasste er zusammen.

Die Kinder sahen sich an. Auf diese Idee, dass es mehrere Einbrecher gewesen sein könnten, waren sie noch gar nicht gekommen! Stumm schüttelten die Sonnenschein-Schwestern den Kopf.

Gut, dass Tobi jetzt auch ein Detektiv war, dachte Lilly. Vielleicht erwischten sie mit seiner Hilfe tatsächlich den oder die Täter.

»Wir treffen uns heute Nachmittag bei uns auf dem Hof«, erklärte Finja. »Dann fangen wir noch mal von vorne an mit der Spu… äh, Indizien-Suche. Das wäre doch gelacht, wenn wir nichts finden würden!«

Tobi nickte. »Das glaube ich auch«, sagte er.

In diesem Augenblick ertönte der Schulgong und die Kinder beeilten sich, in ihre Klassenzimmer zu kommen.

Sowohl Finja als auch Lilly fiel es schwer, still zu sitzen. Sie konnten es kaum erwarten, ihre Ermittlungen wieder aufzunehmen. Ob Tobi wohl echtes Detektiv-Zubehör mitbringen würde? Vielleicht eine supertolle Mini-Kamera? Und sie mussten sich unbedingt geheime Code-Wörter ausdenken, mit denen sie sich verständigen konnten. Schließlich sollte niemand, vor allem nicht ihr Vater, etwas von ihrer Detektiv-Arbeit mitkriegen.

Pünktlich um vier Uhr nachmittags stand Tobi auf dem Gutshof. Die fünf Kinder begrüßten ihn mit großem Hallo. »Wir haben auf dem Heuboden unsere geheime

Detektiv-Zentrale«, verriet ihm Finja, während sie Tobi in den Lama-Stall winkte.

»Wer is'n das? Wo kommt der her und wieso hat er kein Futter für uns dabei?« Petersilie hatte bis eben Mittagsschlaf gehalten. Jetzt sprang sie auf und streckte den Kopf über die Tür des Verschlags. Vokuhila tat es ihr gleich. Nur Einstein gab vor, kein Interesse zu haben. Aber aus dem Augenwinkel nahm er den fremden Jungen sehr wohl unter die Lupe.

Tobi riss beim Anblick der wolligen Tiere die Augen auf. »Uah, was ist das denn? Sind das Kamele?«

»Ich muss doch sehr bitten!«, blökte Einstein entrüstet.

Auch Petersilie verzog das Gesicht. »Kamele, also ehrlich! Wir sind Lamas. Schön, klug und wertvoll. Kapito?«

»Die klingen ja lustig«, fuhr Tobi fort. »Und sie sehen komisch aus. Vor allem das Schwarze.«

»Meint der mich?«, fragte Vokuhila seine zwei tierischen Freunde. »Wieso seh ich komisch aus?«

»Ach, beachte den gar nicht. Der ist ein *Honk*«, erwiderte Petersilie. Diesen Ausdruck hatte sie mal bei einer Wanderung von einem der Gäste aufgeschnappt. Jetzt war sie sehr stolz, ihn verwenden zu können.

»Das sind unsere Lamas. Petersilie, Einstein und Vokuhila«, sagte Lilly stolz.

»Aha.« Tobi zog die Augenbrauen hoch. »Ich hätte ihnen coolere Namen gegeben. Englische zum Beispiel.«

»Jetzt schlägt's aber dreizehn«, giftete Petersilie. »Mein schöner Name soll uncool sein?« Sie funkelte Tobi an. »Wie heißt du denn, hä? *Große-Klappe-Kaspar*, oder vielleicht … *Quark-Quatsch-Tasche?*«

»Vergiss es, Petersilie. Du weißt doch, dass keines der Kinder dich versteht«, mahnte Einstein seine Freundin zur Ruhe.

Finja und Lilly erklärten Tobi unterdessen die Sache mit den Lama-Wanderungen. Danach kletterten sie mit Tim, Mina und Fussel die Leiter zum Heuboden hoch. Während die fünf Detektive ihrem neuen Mitglied alles erzählten, was sie über den Einbruch wussten, besprachen sich die Lamas.

»Mir gefällt dieser Bursche nicht«, grummelte Einstein.

»Mir auch nicht«, rief Petersilie.

Vokuhila nickte. »Er hat uns *komisch* genannt!«

Die weiße Lama-Dame schnaubte. »Eigentlich hätten wir ihn dafür sofort ordentlich anspucken sollen.«

»Das hätte nur Ärger gegeben«, gab Einstein zu bedenken. »Er ist wohl ein neuer Freund der Kinder.«

Da ertönte Tims Stimme von oben. »Dann nehmen wir dich hiermit in unsere Bande auf.«

»Und heißen ab sofort *Die sechs Detektive*«, ergänzte Mina.

»Hehehe, noch ein Detektiv mehr, der keinen Peil hat«, meckerte Petersilie schadenfroh.

»Keinen Peil-Sender, meinst du«, ergänzte Einstein und wartete auf Gelächter. Keine Reaktion. »Menno. Es ist wirklich blöd, wenn keiner von euch meine Witze versteht«, knurrte er beleidigt.

»Welchen Witz?«, fragte Vokuhila ernsthaft interessiert.

»Vergiss es«, murmelte Einstein.

Ehe er aber weiter schmollen konnte, sprangen die Kinder von der Leiter auf die Stallgasse. »Wir lassen noch schnell die drei Lamas auf die Koppel«, rief Finja. Sie und Lilly öffneten rasch die Boxentür.

Die drei Tiere kannten den Weg und trotteten ohne weitere Aufforderung nach draußen.

Einstein trödelte extra ein bisschen und blickte sich noch mal nach dem neuen Jungen in der Kinderbande um.

»An die Arbeit«, kommandierte Tobi. »Jeder geht in eine andere Richtung und sucht nach Spuren.«

»Das wollte ich auch gerade sagen«, schaltete Tim sich ein. Aber die anderen zerstreuten sich bereits in alle Richtungen und niemand hörte ihm zu. Etwas verschnupft sah Tim seinem Schulfreund nach. »Angeber«, murmelte er. Allerdings so leise, dass nur Einstein es hörte.

Einige Zeit später beobachteten die Lamas interessiert Mina und Fussel, die in der Nähe ihrer Koppel auf dem Boden herumkrochen.

»Kalt, kälter, eiskalt«, kommentierte Vokuhila. »Ihr müsst näher beim Haus suchen. Dort ist der Einbrecher langgegangen. Nein, nicht hier! Dort drü-hüben!«

Aber für die zwei Mädchen waren seine Lama-Tipps nur unverständliche Laute. Sie kraulten ihm kurz den wolligen Kopf, dann gingen Mina und Finja Richtung Waldrand, um dort nach Spuren Ausschau zu halten.

Vokuhila widmete sich kopfschüttelnd den Leckerbissen auf der Lama-Weide, ehe Petersilie sie alle wegfraß. Wie ein wolliger Rasenmäher rupfte sie alle saftigen Butterblumen aus und kaute unablässig. Für die Kinder hatte sie keinen Blick. Im Gegensatz zu Einstein. Er hatte den Neuen in der Bande im Auge.

Tobi lungerte an der Seitenwand des Stalls herum und sah sich immer wieder verstohlen um. Als er sicher war, dass die anderen Kinder weit genug weg und beschäftigt waren, setzte er seinen Rucksack ab. Dummerweise stand er mit dem Rücken zu Einstein. Er zog irgendetwas aus dem Rucksack. Aber was? Zu seinem Ärger konnte Einstein es nicht erkennen. Dann hockte Tobi eine Weile bewegungslos da.

Plötzlich sprang er auf und rief: »He! Ich hab was entdeckt!« Dabei schob er hastig den Rucksack unter einige lose Bretter, die an der Stallwand lehnten.

Schon kamen Lilly, Finja und Tim angerannt. Wenig später folgten Mina und Fussel.

»Was denn, zeig her?«, rief Lilly.

Tobi deutete auf den Boden. »Einen Fußabdruck«, erklärte er. Die fünf scharten sich um ihn.

»Das waren echte Quadratlatschen. Mindestens Größe 46«, behauptete Finja.

»Wahrscheinlich von eurem Vater. Der ist doch sicher oft hier, oder?«, warf Tim ein. Er schielte zu Tobi. »Also keine brauchbare Spur!«

»Doch«, rief Lilly. »Papa hat große Füße, aber nicht sooo große. Das müssen die Schuhe vom Einbrecher gewesen sein.«

»Wir machen einen Abdruck«, befahl Tobi. »Dazu brauchen wir Gips. Den rühren wir an und gießen damit die Fuß-Spur aus. Wenn der Gips hart ist, haben wir einen perfekten Abdruck.«

»Was du alles weißt«, rief Fussel bewundernd.

»Hab ich von meinem Onkel gelernt«, gab Tobi lässig zurück.

»Toll«, riefen die Mädchen. Nur Tim schwieg.

»Also, worauf wartet ihr noch? Wir brauchen Gips. Außerdem ein paar Streifen Pappkarton. Die legen wir um den Fußabdruck. Wie einen Ring, damit der flüssige Gips nicht verläuft.« Tobi klatschte in die Hände und die

Kinder liefen zum Haus, um das Gewünschte zu holen. Doch er selbst blieb an Ort und Stelle.

Komisch, dachte Einstein. Wieso ging Tobi nicht mit den anderen mit? Gleich darauf bekam das braun gefleckte Lama die Antwort. Tobi zog den Rucksack aus seinem Versteck. Dabei ging die Lasche auf und heraus fiel …

Einsteins Augen weiteten sich. »Ein Männer-Turnschuh!«, murmelte er, während Tobi den Sneaker hastig wieder zurück in den Rucksack stopfte. Doch Einstein hatte sehr wohl erkennen können, dass der Schuh groß war. Genauso groß wie … »Der Abdruck im Matsch«, fiel Einstein ein. Das konnte kein Zufall sein! Also fälschte Tobi Beweise! Aber warum? Einstein trabte los. Jetzt war die Lama-Gang gefragt!

Vokuhila will Geburtstag haben

»Wie jetzt? Dieser Junge kommt auf den Hof, bringt einen einzelnen Schuh mit, fabriziert damit einen Abdruck – und dann macht er unseren Hausmenschen weis, der wäre vom Einbrecher? Versteh ich nicht.« Petersilie blickte ratlos in die Runde. Auch Vokuhila schüttelte seinen schwarz gelockten Kopf.

»Nun ja«, fing Einstein an. »Entweder will er sich bei seinen neuen Freunden wichtigmachen, oooooder …« Er wartete einen Augenblick, um die Spannung zu erhöhen.

»Oder?«, fragten Petersilie und Vokuhila gleichzeitig.

»Er will ablenken«, fuhr Einstein fort.

»Wovon?«, wollte Petersilie wissen.

»Weiß ich nicht. Vielleicht war er ja der Einbrecher?«

»Nee-eee«, blökte Vokuhila, »der war größer. Aber nicht so groß wie Knut.«

»Das konntest du in der Dunkelheit doch gar nicht sehen«, warf Petersilie ein.

»Konnte ich wohl!« Vokuhila war beleidigt.

»Lasst uns bei Tobi bleiben«, mahnte Einstein. »Warum bringt er extra einen Männerschuh mit und fälscht Beweise?«

Petersilie reckte den Hals. »Deswegen«, sagte sie und wies mit dem Kopf nach draußen.

Die Sonnenschein-Mädchen kamen mit ihren Freunden in den Stall. An der Spitze ging Tobi, der mit beiden Händen einen weißen Gipsabdruck festhielt. »Das ist unser wichtigstes Beweismittel«, sagte er feierlich. »Aber wir dürfen es keinem verraten, sondern müssen erst mal weiterermitteln.«

»Ich finde, wir sollten es Finjas und Lillys Vater sagen«, widersprach Tim. »Schließlich ist er Polizist.«

»Ja, aber Papa hat uns doch verboten, auf eigene Faust zu ermitteln«, wandte Lilly ein.

»Und er nimmt uns nicht mal ernst«, rief Finja.

»Außerdem haben *wir* den Schuhabdruck entdeckt«, rief Fussel.

»Nein, das war *ich*. Und die Idee mit dem Gipsabdruck war auch meine. Deswegen finde ich, sollte ich ab jetzt der Chef von unserer Detektiv-Bande sein«, sagte Tobi.

Einen Augenblick war es still. Dann nickte Mina nachdenklich. »Tobi hat recht.«

»He, Moment mal. Wir sind alle Detektive! Wir brauchen keinen Chef«, protestierte Tim.

»Ohne mich wärt ihr keinen Schritt weiter«, gab Tobi überlegen zurück. »Eure Bande hätte sich sowieso bald aufgelöst, wetten?«

»Ich finde auch, dass Tobi der Chef sein sollte«, rief Fussel. »Schließlich ist sein Onkel Detektiv!«

Weil auch Lilly und Finja nickten, stand Tim auf verlorenem Posten. »Bitte, wie ihr meint. Ich find's blöd«, sagte er. Aber keiner hörte ihm zu.

Tobi hatte sich bereits drangemacht, die Leiter zum Heuboden hochzuklettern. Den Gipsabdruck hatte er sich in den Hosenbund gesteckt, damit er nicht kaputtging.

Die anderen Kinder beeilten sich, ihm zu folgen.

Petersilie sah ihnen nach. »Da habt ihr es. Dieser Bengel wollte Banden-Chef werden. Deswegen hat er den anderen den Schuhabdruck untergejubelt.«

»Hm«, meinte Einstein. So ganz war er noch nicht zufrieden. Ein komisches Gefühl in seinem Lama-Bauch sagte ihm, dass noch mehr dahintersteckte. Doch was hatte Tobi mit dem Einbruch zu tun? Vor allem, weil nur zwei wertlose Sachen gestohlen worden waren?

»Das Grummeln in deinem Bauch kommt vom Hunger«, behauptete Petersilie, als Einstein sich ihr anvertraute. »Wir haben ja auch schon lange kein Knabber-Müsli mehr gekriegt. Das letzte Mal war an deinem Geburtstag.«

»Was ist Geburtstag? Kann man das essen?«, fragte Vokuhila neugierig.

Einstein schnaubte. »Natürlich nicht. Geburtstag ist ein ganz besonderer Tag.«

Vokuhila sah ihn ratlos an.

Petersilie versuchte es anders. »Wann bist du denn geboren?«

»Weiß ich nicht«, sagte das schwarze Lama fröhlich. »Ich war einfach irgendwann … da. Vielleicht hat es mich ja schon immer gegeben?«

»Unsinn«, raunzte Einstein. »Man muss erst mal auf die Welt kommen, um, äh … *da* zu sein!«

»Dann weiß ich es nicht«, gab Vokuhila geknickt zu.

Seine beiden Lama-Freunde sahen sich an. »Du hast also wirklich keine Ahnung, was Geburtstag heißt?«, versicherte Petersilie sich. »Durftest du dir nie etwas wünschen? Oder hat dir mal jemand gratuliert?«

Das schwarze Lama schüttelte den Kopf. Diese Tatsache musste die weiße Lama-Dame erst einmal verdauen.

Vokuhilas Stimme unterbrach ihre trüben Gedanken. »Kann ich nicht einfach jetzt Geburtstag haben?«, schlug er vor.

»Nein. Das geht auf keinen Fall«, sagte Einstrein streng.

»Aber … warum denn nicht? Wieso darf mir nicht gratuliert werden?« Vokuhila wirkte verzweifelt.

»Natürlich darfst du Geburtstag haben«, sagte Petersilie rasch. »Aber erst in … drei Tagen, okay? Schließlich müssen wir uns ein Geschenk überlegen. Und ein Geburtstagslied dichten.«

»Echt?«, schrie Vokuhila begeistert. »Am Geburtstag kriegt man Lieder und Geschenke? Wau!«

»Super, Petersilie. Da hast du was angerichtet«, grummelte Einstein. Aber seine Lama-Freundin hörte nicht auf ihn. Sie summte vor sich hin und dichtete bereits im Geiste die ersten Zeilen.

Unterbrochen wurde sie von Tims aufgebrachter

Stimme. »Mir reicht's! Ich trete aus der Detektiv-Bande aus!«, rief er. Gleich darauf erschienen seine Beine in abgetragenen Jeans auf der Leiter zum Heuboden und dann der Rest.

»Tim, jetzt bleib doch hier«, rief Lilly.

»Du bist ja nur neidisch auf Tobi«, ergänzte Finja.

Aber Tim kletterte schweigend die Sprossen hinunter und verschwand durch die Stalltür nach draußen.

Die drei Lamas blickten ihm nach.

»Tja«, sagte Einstein, »ich schätze, sie heißen jetzt wieder *Die fünf Detektive.*«

»Viel weiter als die ist unsere Lama-Gang mit den Ermittlungen aber auch nicht gekommen«, gab Petersilie zu bedenken.

Da die Geburtstagsfrage nun geklärt war, verlor Vokuhila das Interesse am Gespräch. Er ließ sich ins Stroh fallen, um eine Runde zu schlafen.

Petersilie wandte sich flüsternd an Einstein. »Außerdem ist jetzt Vokuhila wichtiger als die Detektiv-Arbeit. Also: Was schenken wir ihm?«

»Du dichtest doch ein Lied für ihn. Reicht das nicht? Schließlich hab ich auch nicht mehr gekriegt«, fand Einstein.

Petersilie schnaubte. »Aber Vokuhila hatte doch noch nie Geburtstag! Da müssen wir uns schon etwas Besonderes für ihn einfallen lassen.«

»Gut, dann gehe ich später mal in den Supermarkt. Da kaufe ich Torte und vielleicht ein paar Luftballons für ihn«, raunte Einstein.

Petersilie riss die Augen auf. »Echt?«

Einstein schnaubte. »Mann, Petersilie! Die Leute würden schön blöd gucken, wenn auf einmal ein Lama an der Kasse steht!« Er warf einen Blick auf den schnarchenden Vokuhila. »Aber wir könnten ein paar leckere Wiesenkräuter für ihn sammeln.«

»Die sind schnell welk und schmecken dann nicht mehr. Nein, du musst dir etwas anderes überlegen. Ich habe ja schon mein Geburtstagslied. Das wird ganz toll! Ich weiß nur noch nicht, was ich reimen werde.« Petersilie runzelte unter ihrem Schopf die Stirn. »Auf *Vokuhila* reimt sich nur *lila*. Oder *Tikila*.«

»Häh?« Einstein starrte Petersilie an. »Tikila? Was soll das denn sein?«

»Ich glaube, das ist Schnaps. Ich hab Knut mal davon reden hören. Er hat ein paar torkelnde Männer verhaftet, die eine *Tikila*-Party gefeiert haben.«

»Also Schnaps passt gar nicht in Vokuhilas Geburtstagslied«, rügte Einstein. »Dann schon eher … *Vanilla*. So wie die Eiscreme.«

»Aber Vokuhila ist schwarz. Wenn, dann passt was mit Kakao zu ihm. Oder Lakritz«, widersprach Petersilie.

»Vokuhila! Dein Fell ist dunkel wie Lakritz. Aber leider verstehst du keinen einzigen Witz«, dichtete Einstein.

Seine Lama-Freundin funkelte ihn mit zusammengekniffenen Augen an. »Das ist nicht komisch!«

»Stimmt«, seufzte Einstein. »Und drei Tage vergehen schnell. Da hast du uns echt was eingebrockt!«

»Ich?«, rief Petersilie empört. »Wer hat Vokuhila denn gesagt, dass er nicht einfach so Geburtstag haben darf?«

»Du hast mit Geschenken und Geburtstagslied angefangen«, gab Einstein zurück.

»Hab ich nicht!«

»Hast du doch!«

»Ich weiß, was ich mir wünsche«, ertönte da Vokuhilas verschlafene Stimme aus der Ecke des Verschlags. Der Streit hatte ihn aus seinem Nickerchen gerissen.

Einstein und Petersilie verstummten und wandten ihrem schwarzfelligen Freund die Köpfe zu.

»Ich wünsche mir, dass wir den Einbrecher fangen und dann richtige Detektive sind«, erklärte Vokuhila feierlich. Er ließ sich zurück auf den Boden sinken und schlief weiter.

Die beiden anderen Lamas schluckten und sahen sich an.

»Ihm diesen Wunsch zu erfüllen, schaffen wir nie«, stellte Einstein leise fest.

Petersilie aber reckte kämpferisch den Hals. »Wir müssen es versuchen! Schließlich ist es Vokuhilas aller-allererster Geburtstag! Da können wir ihn doch nicht enttäuschen, oder?«

Eine merkwürdige Begegnung

Am nächsten Morgen nach dem Frühstück verabschiedeten sich Finja und Lilly von den Lamas, um zur Schule zu gehen.

Lisa Sonnenschein, die gerade die Wassereimer im Stall auffüllte, gab den beiden Mädchen einen Kuss. »Viel Spaß in der Schule und grüßt Mina, Tim und Fussel!« Mit diesen Worten ging sie in den hinteren Teil des Stalls, wo sich der Wasserhahn befand.

Lilly blickte ihre Schwester an. »Ob Tim immer noch sauer wegen gestern ist?«

»Hm«, antwortete Finja und rieb sich die Nase. »Er ist ziemlich beleidigt, weil Tobi jetzt der Chef unserer Detektiv-Bande ist.«

»Aber wenn *Tim* den Fußabdruck entdeckt hätte, dann

wäre es für ihn ja auch in Ordnung gewesen, Ober-Detektiv zu werden«, gab Finja zu bedenken. Sie liefen nach draußen und stiegen auf ihre Fahrräder.

Die drei Lamas sahen ihnen nach. »Ob die jemals kapieren, dass dieser Tobi sich nur wichtigmachen wollte?«, fragte Petersilie.

Einstein wiegte den Kopf. »Ich glaub nicht.«

Doch ausnahmsweise irrte das braun gefleckte Lama sich. Als die Sonnenschein-Schwestern auf dem Schulhof ankamen, schloss Tim soeben sein Fahrrad ab.

»Hi, Tim«, begrüßte Finja ihren Schulfreund.

»Hi«, murmelte der und fummelte umständlich an seinem Fahrradschloss herum.

»Hör mal, wegen gestern und Tobi …«, fing Finja an.

Tim unterbrach sie. »Tobi ist mir total egal!«

»Guckt mal, da kommt er ja«, rief Lilly plötzlich. Tim drehte den Kopf.

»Von wegen egal«, spottete Finja. Aber auch sie beobachtete neugierig, wie ihr Mitschüler aus einem ziemlich großen dunkelblauen Auto stieg. Tobi schlug die Tür zu und lief, ohne sich noch einmal umzudrehen, mit schnellen Schritten zum Eingang der Schule.

»Wieso hat er es so eilig? Bis Schulbeginn sind es doch noch zehn Minuten«, wunderte Lilly sich.

»He, hallo, ihr da«, hörten sie in diesem Moment jemanden rufen. Es war der Fahrer des blauen Wagens. Er war ausgestiegen und schwenkte eine blaue Jacke durch die Luft.

Tim musterte den Mann. Er war dunkelhaarig und trug einen hellgrauen Anzug.

Die drei Kinder liefen zu ihm.

»Die Jacke hat Tobi auf dem Rücksitz vergessen«, erklärte der Mann.

»Sind Sie sein Vater?«, fragte Lilly.

Er schüttelte den Kopf. »Ich bin sein Onkel.«

»Sie sind Detektiv, stimmt's?«, rief Finja.

Der Mann lachte. »Nein, ich arbeite in einer Bank. Obwohl die Detektiv-Arbeit bestimmt manchmal spannender wäre. Also, ich muss los. Vergesst bitte nicht, Tobi seine Jacke zu geben.«

Mit diesen Worten stieg er wieder in sein Auto und brauste davon.

Tim, Lilly und Finja sahen sich an.

»Tobi hat uns angelogen. Sein Onkel ist gar kein Detektiv«, stellte Tim fest.

»Vielleicht war es ein anderer Onkel«, gab Lilly zu bedenken. »Finja und ich haben auch zwei Tanten.«

»Glaub ich nicht«, sagte Tim.

»Du bist ja bloß eifersüchtig auf Tobi«, warf Finja ihm vor.

»Bin ich nicht! Ihr rennt ihm einfach blind hinterher und merkt gar nicht, dass er ein Riesenangeber ist«, gab Tim hitzig zurück. »Aber bitte, macht doch, was ihr wollt!« Mit diesen Worten drehte Tim sich um und stapfte davon.

Finja seufzte. »Dass Jungs immer so zickig sind!«

»Wir müssen zum Unterricht«, mahnte Lilly.

Die zwei Mädchen trabten quer über den Schulhof und betraten die Pausenhalle.

In der linken Ecke stand Tobi, halb verborgen hinter einer Säule, die die Decke stützte.

Finja lief hin, um ihm seine Jacke zu geben. Als sie näher kam, bemerkte sie drei andere Jungs, die sich um ihn geschart hatten. Alle starrten auf Tobis Smartphone.

»Sieht aus wie aus einer Ritterburg«, sagte der eine Junge.

»Ich glaube, der ist voll alt. Und wertvoll«, hörte Finja Tobi prahlen.

Er stand mit dem Rücken zu ihr und Finja schlich ein wenig dichter ran. Über seine Schulter hinweg erhaschte sie einen Blick auf das Display seines Handys. Darauf war ein Foto von einer silbernen Vase zu sehen. Oder halt – es war ein Becher. Aber warum kam er ihr so bekannt vor?

In diesem Augenblick entdeckte sie einer der Jungs und machte Tobi ein Zeichen mit dem Kopf. Blitzschnell steckte der sein Telefon ein und drehte sich um.

Was hat der denn zu verbergen?, dachte Finja. Ein unbestimmtes Gefühl in ihrem Bauch sagte ihr, dass sie besser tat, als hätte sie nichts gesehen. Daher lächelte sie Tobi an und streckte ihm seine Jacke entgegen. »Hier, die gehört dir doch, oder?«

Eine Sekunde sah sie den Schreck in seinem Gesicht. »Wo, wo hast du die her?«, stotterte er und wurde sogar ein wenig blass.

Jetzt wurde Finja endgültig klar, dass irgendetwas faul sein musste. Hatte Tim vielleicht doch recht gehabt mit seiner Vermutung, dass Tobi gelogen und gar keinen Onkel hatte, der Detektiv war? Finja spürte ein Kribbeln im Nacken, das ihr zeigte, dass sie auf einer heißen Spur war. Nur durfte Tobi nichts davon merken. Also gab sie sich möglichst lässig: »Die Jacke hing über dem Zaun vor der Schule. Ich hab sie wiedererkannt, weil du sie neulich bei uns auf dem Hof anhattest.«

»Ach so«, rief Tobi erleichtert. »Danke!« Er griff nach dem Kleidungsstück.

In diesem Moment ertönte die Schulglocke und alle beeilten sich, in ihre Klassenzimmer zu kommen.

Nur Finja flitzte quer durch die Pausenhalle und erwischte ihre Schwester gerade noch, ehe die durch die Klassenzimmertür schlüpfte. »Heute Nachmittag Geheimtreffen auf unserem Heuboden. Du sagst es Fussel. Ich informiere Mina und Tim«, flüsterte Finja hastig.

Lilly nickte. »Und Tobi?«

»Der darf nichts davon erfahren. Ich erzähle euch später warum, okay?«

Lilly nickte. Sie kannte ihre große Schwester und wusste, dass sie Finja vertrauen konnte. Auch wenn die Neugierde vom Bauch bis in ihre Nasenspitze prickelte. Aber für weitere Erklärungen war keine Zeit mehr. Schon näherte sich Lillys Lehrerin, und Finja huschte schnell zu ihrem eigenen Klassenzimmer. Nicht, dass sie Ärger bekam und am Ende nachsitzen musste. Das hätte gerade noch gefehlt, schließlich gab es später etwas Wichtiges zu besprechen!

Punkt drei Uhr warteten die beiden Sonnenschein-Mädchen im Stall. Kurz darauf trafen auch Mina und Fussel ein. Nur Tim fehlte.

»Langsam ist es echt mal gut mit der Beleidigte-Leberwurst-Nummer«, murrte Finja, da kam Tim atemlos über den Hof gerannt.

»'tschuldigung. Aber wir hatten heute verflixt viele Hausaufgaben auf«, keuchte er. »Was gibt es denn so Dringendes?«

»Das interessiert mich jetzt aber auch«, grummelte Einstein. Er schätzte es gar nicht, wenn seine Nachmittags-Ruhe durch plappernde Kinder gestört wurde.

»Ich finde es wichtiger, ob sie was zu knabbern für uns dabeihaben«, erklärte Petersilie. Auffordernd streckte sie den Kopf über die Boxentür. »Müü-hüüüs-liiii!«, meckerte sie. Aber keins der Kinder schenkte ihr Beachtung.

»Hee, hallo, wir sind auch noch da!«, unterstützte Vokuhila seine Freundin. Nachdrücklich klopfte er mit seinem rechten Vorderhuf gegen die hölzerne Stallwand.

»Vokuhila, lass das!«, schalt Finja. »Du tust dir noch weh!«

»Kommt, wir klettern auf den Heuboden. Die Lamas

nerven und dort oben hören wir sie nicht so laut«, beschloss Mina.

»Ich glaub, es hackt«, blökte Petersilie beleidigt. »Erst kriegen wir nichts zu essen und dann werden wir auch noch beschimpft!« Drohend sammelte sie etwas Spucke in ihrem Maul.

»Halt, Petersilie! Du kriegst nur Probleme«, bremste Einstein die weiße Lama-Dame. »Lass uns lieber lauschen, was unsere Hausmenschen zu bereden haben.«

»Na gut. Diesmal lasse ich noch Gnade vor Recht ergehen«, gab Petersilie sich geschlagen.

Die fünf Kinder hatten derweil die Leiter erklommen und es sich im duftenden Heu gemütlich gemacht.

»Wieso sollte Tobi eigentlich nicht dabei sein?«, erkundigte Lilly sich bei ihrer Schwester.

»Weil ich etwas herausgefunden habe«, fing Finja an. Dann erzählte sie ihren Freunden, was sie in der Pausenhalle beobachtet hatte. »Dieser silberne Becher vom Foto auf Tobis Handy sah genauso aus wie einer von unseren, die gestohlen wurden«, schloss sie ihren Bericht.

Einige Sekunden war es vollkommen still.

Auch die drei Lamas, die mit gespitzten Ohren gelauscht hatten, mussten diese Neuigkeit erst mal verdauen.

»Aber wie kommt Tobi dann an das Diebesgut?«, unterbrach schließlich Tims Stimme das Schweigen.

»Das möchte ich auch gerne wissen«, murmelte Petersilie unten im Stall.

»Das ist doch ganz einfach«, meldete sich Einstein zu Wort. »Entweder war er der Einbrecher …«

»Nee, der war größer! Hab ich doch schon hundert Mal gesagt«, meckerte Vokuhila dazwischen.

»Oder …«, Einstein ließ sich nicht beirren, »Tobi kennt den Dieb und ist deswegen an die gestohlenen Sachen gekommen.«

»Tobi muss was mit dem Diebstahl zu tun haben«, erklärte Finja in diesem Moment. »Deswegen hat er auch ein Foto von dem Silberkelch.«

Einstein verdrehte die Augen. »Was hab ich gerade gesagt? Menschen sind einfach lahmer als ein hundertjähriges Lama!«

»Aber wieso wollte Tobi dann bei unserer Detektiv-Bande mitmachen?«, grübelte Lilly.

»Und warum hat er uns sogar einen Fußabdruck vom Täter gezeigt?«, ergänzte Mina.

»Ich bin total verwirrt«, klagte Fussel und bohrte sich ratlos in der Nase.

»Falsche Spuren legen«, blökte Einstein nach oben.

»Er wollte eine falsche Spur legen!«, rief Tim da.

»Es geschehen noch Zeichen und Wunder. Tim hat mich verstanden!« Einstein war verblüfft.

Da fuhr Tim schon fort. »Tobi hat schließlich auch behauptet, sein Onkel wäre Detektiv. Aber das war wohl gelogen. In Wirklichkeit arbeitet der nämlich bei einer Bank.«

»Woher weißt du das?«, fragte Fussel mit großen Augen.

»Der Onkel hat Tobi heute zur Schule gefahren. Finja, Lilly und ich haben kurz mit ihm gesprochen«, erklärte Tim.

Die Sonnenschein-Schwestern nickten. »Das heißt also, dass Tobi nicht nur beim Beruf seines Onkels gelogen haben könnte, sondern auch in Bezug auf den Schuhabdruck«, spann Finja den Faden weiter.

»Das hat der Bengel ganz sicher! Er hatte nämlich einen Männer-Turnschuh in seinem Rucksack«, quäkte Einstein in höchster Lautstärke.

»Orrrr, Einstein, nun sei doch mal still«, schimpfte Lilly. »Wir führen hier wichtige Ermittlungen durch und müssen uns konzentrieren!«

»Respektloses Gör!« Einstein war beleidigt und stapfte zu der Futterraufe, wo er sich einen Happen Heu genehmigte.

»Lama-ärgere-dich-nicht«, besänftigte Petersilie. »Lass uns lieber weiter zuhören, vielleicht erfahren wir noch was Interessantes.«

»Also war Tobi der Einbrecher und hat uns an der Nase herumgeführt, um von sich abzulenken«, fasste Mina zusammen.

»Nein, war er nicht! Aber er kennt den Dieb, darauf möchte ich wetten«, warf Einstein ein. Natürlich vergeblich.

Mina rieb sich die Nase. »Wir müssen beweisen, dass es Tobi war. Aber wie?«

»Wir locken ihn hierher. Wenn er dann da ist, sagen wir im einfach direkt, dass er enttarnt wurde«, schlug Fussel vor.

Finja schüttelte den Kopf. »Vergiss es. Tobi wird es niemals zugeben.«

Tim nickte. »Wenn der ahnt, dass wir ihm auf der Spur sind, haben wir keine Chance mehr, irgendwas rauszukriegen.«

»Aber was sollen wir denn dann machen?« Lilly wurde

langsam ungeduldig. Die fünf grübelten, bis ihnen die Köpfe rauchten. Ebenso die drei Lamas.

»Wir könnten ihn beschatten«, riefen Petersilie und Finja dann beinahe gleichzeitig. Die Kinder beachteten die Lamas nicht, sondern nickten eifrig.

Petersilie schnaubte. »Ich war eindeutig schneller!«

»Stimmt nicht«, hänselte Einstein seine Freundin. »Finja hat's als Erste gesagt.«

Petersilie funkelte ihn an. »Aber ich hab es zuerst *gedacht*«, behauptete sie.

»Was ist beschatten?«, ertönte da Vokuhilas Stimme. Er sah seine Freunde mit schief gelegtem Kopf an.

»Beschatten heißt, jemandem zu folgen«, erläuterte Einstein.

»Aber das machen wir doch fast jeden Tag. Bei den Wanderungen mit Lisa!« Das schwarze Lama rubbelte sich den Rücken an der Stallwand.

»Nein. Beschatten erfolgt unauffällig. Also so, dass derjenige es nicht merkt, wenn man ihm folgt. Man ist wie ein Schatten. Deswegen heißt es ja auch so.«

»Wau.« Vokuhila war beeindruckt. Dann hellte sich seine Miene auf. »*Ich* bin schwarz wie ein Schatten. Und deswegen kann ich Tobi unauffällig folgen! Weil man mich nicht sieht.«

»Aber nur, wenn es dunkel ist. Dummerweise schläft Tobi nachts, wie alle Menschen. Wird also wohl erst mal nichts mit deiner nächtlichen Unsichtbarkeit«, belehrte Einstein ihn. Als er Vokuhilas trauriges Gesicht sah, taten ihm seine Worte leid. »Aber vielleicht ergibt sich trotzdem bald eine Gelegenheit, um Tobi zu beschatten«, tröstete er seinen schwarz gelockten Freund. »Schließlich sind wir ja die Lama-Gang!«

»Ja«, riefen Petersilie und Vokuhila begeistert.

Vom Heuboden ertönte ein Klatschen.

Die Lamas blickten nach oben. Dort gaben sich Tim, Mina, Finja, Lilly und Fussel ein High-Five. »Wir sind *Die fünf Detektive*«, riefen sie im Chor. »Wir lösen jeden Fall!«

»Pah«, schnaufte Petersilie. »Wir werden ja sehen, wer zuletzt lacht und zuerst löst.«

»Na, wir natürlich«, sagte Vokuhila mit größter Selbstverständlichkeit.

Einstein und Petersilie starrten ihn an.

»Schließlich ist es mein Geburtstagswunsch, dass wir den Dieb fangen«, erklärte das schwarze Lama. »Und alles, was man sich zum Geburtstag wünscht, geht doch in Erfüllung, oder?«

Große Pläne und ein Hindernis

»Wir heften uns an die Fersen der Kinder«, beschloss Einstein. »Die wissen schließlich, wo sie Tobi finden.«

»A-aaaber dann kommen die uns doch zuvor! Und wenn sie den Dieb enttarnen, sahnen sie die ganze Belohnung ab. Und wir gucken in die Röhre«, quäkte Petersilie. Sie war sichtlich besorgt um Ruhm und Ehre der Lama-Gang.

»Glaub ich nicht«, sagte Einstein. »Tobi wird den Teufel tun, den Kindern etwas zu erzählen! Ich wette, die fünf müssen ohne Erfolg abziehen. Und das …«, er blickte Petersilie und Vokuhila bedeutsam an, »ist unsere Chance!«

»Ja«, jubelte das schwarze Lama, aber dann stockte es. »Ähm, wie meinst du das?«

»Nun ja. Tobi wird sich danach sicher fühlen. Aber er hat nicht mit uns gerechnet! Die Lama-Gang wird ihn ab da nicht mehr aus den Augen lassen. Wir verfolgen Tobi, bis er uns zu dem Diebesgut führt. Und anschließend …« Einstein verstummte.

»Anschließend …?«, kam das Echo von den beiden anderen Lamas, die Einstein gespannt zugehört hatten.

»Na ja, also, dann … hm«, stotterte der.

»… Dann führen wir Knut und die Polizei zu dem Versteck«, rief Petersilie begeistert.

»Genau das wollte ich sagen«, nickte Einstein.

Vokuhila blickte beeindruckt von einem zum anderen. »Ihr zwei seid so schlau!« Er drückte Petersilie einen dicken, fetten Lama-Kuss auf die Wange.

»Halt!«, rief Einstein, als Vokuhila Anstalten machte, dasselbe bei ihm zu versuchen. »Wie lautet Regel Nummer eins?«

»Keine Küsse«, seufzte das schwarze Lama und ließ die Schnute hängen.

Einstein schnaubte. »Genau! Außerdem haben wir keine Zeit für so was. Vokuhila, du musst die Riegel unserer Boxentür öffnen, sobald die Kinder den Hof verlassen. Ohne dich schaffen wir es nicht.«

Das Lama, das bei Einsteins Worten vor Stolz fast aus seiner schwarzen Wolle platzte, nickte.

Allerdings wurde ihr schöner Plan im Keim erstickt. Denn gerade als die Schwestern mit ihren Freunden vom Heuboden sprangen, kam Lisa Sonnenschein in den Stall.

»Gut, dass ich euch alle antreffe«, lachte sie. »Ich habe später eine Gruppe Kinder, die sich am Anfang bestimmt noch nicht trauen, die Lamas zu führen. Daher brauche ich euch für die Wanderung. In einer halben Stunde geht's los.«

»Och, nöööö!«, maulte Finja. »Ausgerechnet heute!«

Ihre Mutter musterte sie erstaunt. Sonst waren ihre Töchter und deren Freunde immer ganz wild darauf, mit den Lamas am Halfter durch die Gegend zu ziehen. »Was ist los? Habt ihr was Besseres vor?«

»Ja, wir wollten eigentlich …«, fing Lilly an. Ein warnender Knuff ihrer Schwester ließ sie verstummen.

Die Mutter zog die Augenbrauen hoch. »Was wolltet ihr?«

»Mir beim Fußball-Training zugucken«, sprang Tim in die Bresche.

»Hm«, meinte Lisa Sonnenschein.

Finja und Lilly tauschten einen bangen Blick. Hatte ihre Mutter sie etwa durchschaut?

Da hob diese den Kopf. »Vorschlag: Wir gehen alle zusammen zum Fußballplatz. Dort könnt ihr dann beim Training zusehen, während ich mit den Lamas und der Kindergruppe wieder nach Hause gehe. Auf dem Rückweg sind ein paar der Kleinen sicher mutiger und können Einstein und Petersilie führen. Ich übernehme Vokuhila. Einverstanden?«

»Super«, rief Tim, »das passt genau zu unserem Plan. Äh, ich meine … zu meinem Trainingsplan.«

»Aber zu unserem Plan passt es nicht«, maulte Petersilie. »Wir wollten doch Tobi beschatten!«

Einstein seufzte tief. »Ich fürchte, das können wir knicken. Arbeit ist Arbeit und da kommen wir nicht drum herum.«

»Menno«, murmelte Vokuhila enttäuscht.

Aber Petersilie reckte kämpferisch den Hals. »So schnell gibt die Lama-Gang nicht auf. Wir werden eine Möglichkeit finden, den Dieb zuerst zu stellen, wetten?«

Zunächst aber wurden die Lamas für die Wandergruppe gestriegelt. Vorsichtig fuhren die Sonnenschein-Mädchen mit einer weichen Bürste durch das wollige Fell von Petersilie, Einstein und Vokuhila. Die drei Tiere genossen das in vollen Zügen und Petersilie summte sogar vor Wohlbehagen. Vokuhila bedankte sich mit einem feuchten Lama-Knutscher für die Zuwendung bei Lilly.

Die kicherte. »Lass das, Vokuhila. Du bist zu schlabberig!«

Da kamen auch schon die angemeldeten Kinder. »Oooh, guck mal, wie süß!«, riefen sie beim Anblick der Lamas.

Ein kleines Mädchen mit braunen Haaren, die zu einem Zopf geflochten waren, stellte sich vor Petersilie hin. »Es ist weiß wie Schnee und wunderschön«, sagte es andächtig.

Petersilie lächelte geschmeichelt. »Ganz recht, mein Kind!« Sie wandte sich an die zwei anderen Lamas. »Habt ihr das gehört? Die Kleine hat Geschmack!«

»Angeberin«, murmelte Einstein, aber auch er und Vokuhila hatten schon begeisterte Anhänger, die ihnen das weiche Fell kraulten. Daher verziehen sie auch Lisa, dass sie ihre Detektiv-Pläne durchkreuzt hatte. Die überprüfte gerade Vokuhilas, Einsteins und Petersilies Füße. Zwar haben Lamas keine Hufe wie Pferde, sondern Füße mit zwei Zehennägeln und weichen Schwielen an der Unterseite. Trotzdem versicherte Lisa sich stets, dass keiner verletzt war oder sich etwas eingetreten hatte.

Danach zogen Kinder und Tiere einträchtig los.

Eine halbe Stunde später näherten sie sich der großen Wiese mit den zwei Fußballtoren. Einige Jungs und Mädchen in schwarz-weißen Trikots liefen bereits herum und kickten Bälle. Tatsächlich erspähten die Lamas auch Tobi, der soeben aus dem hölzernen Häuschen kam, das als Umkleide diente.

»Da ist er, und wir können nichts machen«, jammerte Vokuhila bei seinem Anblick.

»Gleich darfst du ein bisschen Gras fressen, mein Kleiner«, beruhigte Lisa Sonnenschein ihn.

»Ich will nicht fressen, ich will beschatten«, gab Vokuhila zurück. Dann aber fiel ihm ein, dass Menschen Lamas ja nicht verstanden, und er gab auf.

Lisa wandte sich an Tim, Mina und Fussel, wobei sie kurz ihre Arme um die Schultern der Kinder legte. »So, ihr Lieben. Hiermit seid ihr aus eurer Pflicht entlassen. Danke für eure Hilfe. Den Rest schaffe ich alleine. Ich lasse die Lamas auf dem Heimweg noch ein bisschen weiden, ehe wir mit der Gruppe zum Hof zurückgehen.« Sie strubbelte ihren Töchtern durchs Haar.

Wenig später wanderte sie mit Kindern und Tieren davon.

Vokuhila sah sich noch einmal sehnsüchtig um, aber es half nichts: Er musste die Detektiv-Arbeit den Kindern überlassen.

Sobald die Lamas mit Lisa außer Sichtweite waren, wandte Tim sich an seine Freunde. »Passt auf. Ich gehe jetzt Fußball spielen und tue so, als wäre alles ganz normal. Ihr haltet euch versteckt und beobachtet Tobi. Sobald er sich vom Fußballfeld entfernt, folgt ihr ihm. Aber unauffällig, klar?«

»Logo«, riefen Mina und Lilly.

»Wir sind ja nicht blöd«, fügte Fussel hinzu.

Gesagt, getan. Während Tim seine Fußballschuhe anzog und sich zu seinen Mitspielern gesellte, versteckten sich die übrigen vier an verschiedenen Stellen. Lilly und Finja duckten sich hinter einen Bretterstapel an der Rückwand des Sporthäuschens. Fussel, der Kleinste von ihnen, quetschte sich unter die hölzerne Veranda. Mina wählte einen Baum am Spielfeldrand, dessen dicker Stamm sie vollständig verbarg.

»Jetzt heißt es warten und geduldig sein«, flüsterte Finja ihrer kleinen Schwester ins Ohr.

Lilly nickte. »Hoffentlich fliegen wir nicht vor Tobi auf. Das wäre die Blamage unseres Lebens!«

Derweilen machte Lisa ein Stück weiter auf einer Wiese Rast. Sie ließ die drei Lamas grasen, während sie mit den Kindern nach Kräutern suchte. Löwenzahn, Huflattich und Vogelmiere wuchsen hier. Einen Teil der gesammelten Pflanzen verfütterte sie an die Lamas. Aus der Vogelmiere aber konnte man einen leckeren Salat zaubern, den die Familie zum Abendessen serviert bekommen sollte.

Während Einstein und Petersilie die Nasen am Boden hatten und eifrig nach dem saftigsten Klee und den schmackhaftesten Butterblumen Ausschau hielten, langweilte sich Vokuhila. Er haderte noch immer damit, dass die Lama-Gang ausgebremst worden war und er Tobi nicht beschatten konnte. Wobei – warum eigentlich nicht? Vokuhila schielte über die Schulter. Sein Halfterstrick war locker um einen Ast geschlungen und es war für das schwarze Lama ein Leichtes, die Kordel mit den Zähnen zu lösen. Langsam, Schritt für Schritt entfernte Vokuhila sich von seinem Platz. Weder Lisa Sonnenschein noch seine Lama-Freunde bemerkten, wie er sich davonschlich. Zum Glück war die Gruppe nicht weit vom Fußballplatz entfernt. Leichtfüßig trabte Vokuhila zwischen den Bäumen dahin. Er freute sich schon auf die verblüfften Gesichter seiner Freunde, wenn sie erfuhren, dass er geholfen hatte, den Dieb zu fangen.

»Mir schlafen die Füße ein!« Lilly trippelte von einem Bein aufs andere.

Finja sah sie strafend an. »Wenn du ein echter Detektiv sein willst, musst du lernen, still zu sein.«

Lilly seufzte. Irgendwie hatte sie sich die Detektiv-

Arbeit aufregender vorgestellt. Seit einer gefühlten Ewigkeit stand sie nun schon hinter dem Bretterstapel und es passierte – nichts! Vor fünf Minuten war Tobi ausgewechselt worden. Seitdem saß er auf der Bank und daddelte an seinem Handy. Dem Spiel auf dem Platz zuzusehen, machte auch keinen rechten Spaß. Obwohl Tim wie ein Wilder dem Ball nachjagte, schoss keine der beiden Mannschaften ein Tor. Alle rannten nur durcheinander. Ab und zu pfiff die Trainerin mit ihrer Trillerpfeife und rief den Spielern Kommandos zu.

Lilly seufzte erneut und wünschte sich, sie wäre bei den Lamas geblieben. Das war garantiert spannender, als sich die Beine in den Bauch zu stehen.

Da stieß ihre Schwester sie leicht in die Seite. »Guck mal!«, flüsterte Finja.

Ein fremder Junge näherte sich dem Fußballplatz. Er war größer als Tim und hatte dunkle Haare. Finja schätzte ihn auf etwa vierzehn Jahre. Suchend blickte er übers Spielfeld.

Lilly zog die Nase kraus. »Na und? Vielleicht will er zusehen. Oder in den Fußballverein eintreten.«

In diesem Augenblick entdeckte Tobi den Jungen. Sofort sprang er von der Bank auf und ging zu ihm hin.

Der Größere sah sich hastig um, dann packte er Tobi am Arm und zog ihn ein Stück mit sich.

»Die kennen sich«, hauchte Lilly.

»Psst!«, zischte Finja, denn jetzt näherten die zwei Jungs sich dem Sportlerhäuschen.

Nur einen Meter entfernt von den Brettern, hinter denen Lilly und Finja kauerten, blieben sie stehen. Beide Mädchen wagten kaum zu atmen.

»Was willst du denn hier, Ole?«, hörten sie Tobi fragen.

Also hieß der andere Junge Ole, folgerte Finja. Seine Antwort konnten sie leider nicht verstehen, denn Ole sprach leise. Aber seine Miene war wütend.

Finja und Lilly sahen sich an und ihr Blick sagte, dass da etwas im Busch war. Mit einer Kopfbewegung machte Lilly ihrer Schwester klar, dass sie es irgendwie schaffen mussten, näher an Ole und Tobi ranzukommen.

Doch Finja schüttelte leicht den Kopf. »Zu riskant«, flüsterte sie Lilly ins Ohr.

Vokuhila trat aus dem kleinen Wäldchen hinter dem Fußballplatz hervor. Auf der Wiese war Tim ganz darauf konzentriert, den Ball ins Tor zu dribbeln und dabei zwei gegnerischen Spielern auszuweichen. Einen Moment sah Vokuhila interessiert zu. Ob er, Petersilie und Einstein wohl auch einmal mit so einem runden Ding spielen durften? Immerhin besaßen sie statt zwei, vier Beine. Das könnte lustig werden, dachte das schwarze Lama und musste grinsen. Dann aber besann es sich auf seinen Detektiv-Auftrag.

Suchend blickte Vokuhila sich um. Da! Die zwei Gestalten in Jeans, die da mit dem Rücken zu ihm hinter ein paar Brettern hockten, kannte er doch! Es waren die Kinder seiner Hausmenschen! Aber warum machten Finja und Lilly es sich so unbequem? Vokuhila beschloss, nachzusehen.

Eifrig strebte er auf die beiden Sonnenschein-Schwestern zu. Doch da entdeckte er Tobi und einen älteren Jungen. Die beiden hatten die Köpfe zusammengesteckt, aber Vokuhila stutzte. Der Ältere trug einen dunklen Kapuzenpulli. Genau wie die Gestalt, die neulich nachts an seinem Stall vorbeigelaufen war. Die Körpergröße stimmte auch.

Vokuhila wurde ganz aufgeregt. Das musste der Dieb sein! Fieberhaft überlegte das schwarze Lama, was es tun sollte. Den Jungen mit den Zähnen an seiner Kapuze packen? Oder lieber Finja und Lilly zu Hilfe holen? Aber die verstanden ja nicht, was er als Lama ihnen sagen wollte!

Vokuhila fasste also den Entschluss, den Dieb auf eigene Faust zu stellen und ihn notfalls bis zu Lisa Sonnenschein und den beiden anderen Lamas zu schleifen. Die würden Augen machen! Genüsslich malte Vokuhila sich aus, wie viel Lob und Streicheleinheiten er für den Fang des Einbrechers bekommen würde. Vielleicht würden sie sogar ein Foto von ihm machen?

Vor lauter Begeisterung über sich selbst achtete das schwarze Lama nicht darauf, wo es hintrat. Daher merkte es auch nicht, dass es einem Fußballtor gefährlich nahe kam. Das stand am Rand des Holzhäuschens und diente als Ersatz, falls eines der normalen Tore mal kaputtgehen sollte. Prompt verfing sich Vokuhilas linker Hinterhuf in dem grünen Tornetz. Weil mit einem Mal etwas Unbekanntes an ihm zog, blökte er erschrocken und machte einen Satz vorwärts. Doch auf diese Weise zog er nur noch stärker an dem Netz, das sich um seinen Fuß geschlungen hatte.

Lilly und Finja waren durch Vokuhilas Schrei auf ihn aufmerksam geworden und drehten sich um. Entgeistert sahen sie das schwarze Lama, waren aber nicht schnell genug, um ihm zu helfen: Das Netz spannte sich – und dann kippte das gesamte Tor nach vorne und stülpte sich über Vokuhila. Das Lama zappelte wie ein Fisch im Netz. »Hilfe! Tierfänger! Holt mich hier raus!«, jammerte es lauthals.

Rasch eilten die Schwestern zu ihrem Haustier. »Ganz

ruhig, Vokuhila, wir befreien dich!«, rief Lilly. Natürlich schauten inzwischen auch die Spieler und Spielerinnen interessiert zu ihnen hinüber. Kein Wunder bei dem Spektakel, das Vokuhila veranstaltete! Zusammen mit ihrer Trainerin liefen sie herbei. Mit vereinten Kräften stemmten alle das Tor hoch und befreiten das schwarze Lama. Bis auf einige wollige Haare, die im Netz hängen blieben, war Vokuhila unversehrt.

»Puh«, rief er, »das war knapp! Ich dachte schon, jemand will mich entführen!« Dankbar schlabberte er erst Finja und Lilly ab, dann fuhr er mit seiner Zunge der Fußballtrainerin übers Gesicht. »Wie lieb, dass du mir geholfen hast!«

Zum Glück nahm die junge Frau den feuchten Lama-Kuss mit Humor. »Wir sollten vielleicht zusätzlich zu dem Hunde-Verbotsschild noch eins mit *Lamas nicht erlaubt* aufstellen«, scherzte sie, ehe sie die Spieler auf den Platz zurückpfiff. Lachend und winkend liefen die Kinder zum Spielfeld. Bis auf Tim. Die Hände in die Seiten gestützt, baute er sich vor Lilly, Finja und Vokuhila auf. »Was sollte denn das werden, hä?«, fragte er sauer.

»Wir wussten von nichts! Vokuhila ist plötzlich aufgetaucht«, verteidigte Lilly sich.

»Er muss ausgerissen und zu uns zurückgekommen sein«, bestätigte Finja nickend.

Inzwischen kamen auch Mina und Fussel aus ihren Verstecken und hatten sich zu den Schwestern und Tim gesellt. Mina funkelte das Lama an. »Du hast uns die Tour vermasselt, du Dussel!«

Vokuhila starrte betreten zu Boden. »Entschuldigung«, murmelte er. Aber natürlich verstanden die Kinder kein Wort.

»Dabei waren wir so nah an Tobi dran«, klagte Finja. »Er hat sich mit einem älteren Jungen getroffen.«

»Der heißt Ole!«, warf Lilly ein. »Die zwei haben geredet. Allerdings so leise, dass wir nicht hören konnten, worüber.«

»Gerade als wir uns näher ranschleichen wollten, ist Vokuhila aufgetaucht und hat unseren schönen Plan zerstört«, ergänzte Finja und blickte das schwarze Lama strafend an.

Vokuhilas Ohren sanken noch ein Stück tiefer. Statt zu helfen oder sogar den Dieb zu stellen, hatte er alles falsch gemacht.

»Wo sind Tobi und dieser Ole überhaupt?«, fragte Tim in dem Moment und sah sich suchend um.

»Vorhin waren sie noch da«, sagte Lilly und deutete auf die Stelle, wo die beiden Jungs gestanden hatten. Doch jetzt war keine Spur mehr von den beiden zu entdecken. Tobi und Ole waren verschwunden und der Plan der fünf Detektive, etwas aus Tobi herauszukriegen, hatte sich buchstäblich in Luft aufgelöst.

Ermittlungen auf eigenen Huf

»Das hast du wirklich toll hingekriegt, Vokuhila!«, schnaubte Einstein. Finja und Lilly hatten das kleinlaute Lama zu ihrer Mutter zurückgebracht. Lisa Sonnenschein hatte sich schon große Sorgen gemacht. Zusammen mit der Kindergruppe und den zwei anderen Lamas hatte sie die nähere Umgebung nach Vokuhila abgesucht und immer wieder seinen Namen gerufen. Jetzt war Lisa sehr erleichtert, das Tier gesund und munter wiederzuhaben.

Nicht so Einstein und Petersilie. Sie waren ziemlich sauer auf ihren Stallgenossen. Erst haute er heimlich ab, um auf eigene Faust Detektiv zu spielen – und dann verbockte er die Sache auch noch!

»Wie steht die Lama-Gang denn jetzt da?«, rügte Petersilie, während sie mit Lisa und den Kindern nach Hause liefen.

»Ich wollte doch nur helfen«, sagte Vokuhila beschämt.

»Eine Superhilfe warst du«, spottete Einstein. »Man sollte dir ein Fleißsternchen geben!«

Vokuhilas Miene erhellte sich. »Echt?«

»Für die dämlichste Aktion des Tages!«, donnerte Einstein, und Vokuhila zog den Kopf ein. Wegen der Rüge vergaß er, seinen beiden Lama-Freunden von Tobi und diesem großen Jungen – Ole – zu erzählen. Und dass er gedacht hatte, Ole könnte der Einbrecher gewesen sein. Wahrscheinlich hätte Einstein ihm auch nicht geglaubt, so sauer wie er auf Vokuhila war.

»Nun lass mal gut sein«, ermahnte Petersilie jetzt das braun gefleckte Lama. »Vokuhila hat schon genug Schelte gekriegt.« Sie musterte ihn streng. »Aber in Zukunft sagst du uns gefälligst Bescheid. Keine Alleingänge mehr, kapito?«

Vokuhila nickte. »Ich schwöre bei meiner Möhre«, sagte er feierlich. Inzwischen waren sie nämlich im Stall angekommen und Lisa verfütterte Rüben und Äpfel an die Tiere. Zur Belohnung für die Wanderung.

Die Kindergruppe hatte sich verabschiedet und im

Stall herrschte eine wohltuende Ruhe. Eine Weile war nur das zufriedene Kauen der Lamas zu hören.

»Hier, ihr drei. Für jeden eine Stange Knabber-Müsli! Obwohl du, Vokuhila, eigentlich keine Belohnung verdient hast. Du hast uns einen ordentlichen Schreck eingejagt.«

»Ich weiß, tut mir leid«, gab das schwarze Lama zerknirscht zurück.

Lisa verstand kein Wort, aber sie spürte, dass Vokuhila ein schlechtes Gewissen hatte. »Na, dann will ich mal nicht so sein«, lächelte sie und legte die Köstlichkeiten in die jeweiligen Futtertröge.

»Boah, lecker!«, rief Vokuhila, das Maul noch voller Apfelstückchen. Begeistert machte er sich darüber her.

Einstein vergewisserte sich, dass sein Freund vollauf mit Fressen beschäftigt war. Dann trat er nah an die weiße Lama-Dame heran. »Psssst, Petersilie«, zischte er.

Die wollte sich gerade ihre Knabber-Stange einverleiben und wandte ungehalten den Kopf. »Was denn?«

»Wir sollten unser Knabber-Müsli aufheben. Als Geburtstagsgeschenk für Vokuhila«, raunte Einstein.

»Waaaaas?« Petersilie guckte entsetzt.

»Nun ja, übermorgen ist es so weit. Und wir haben

noch kein Geschenk, hast du das vergessen?«, gab Einstein zu bedenken.

Mit feuchten Augen blickte seine wollig-weiße Freundin auf ihre Lieblingsleckerei.

»Komm schon, Petersilie, gib dir einen Ruck«, mahnte ihr Stallgenosse.

»Na gut. Auch wenn er nach seiner Aktion nicht unbedingt noch Müsli-Stangen im Überfluss braucht …«, wimmerte sie. Nachdem beide sich versichert hatten, dass Vokuhila mit seinem Fressen beschäftigt war, nahmen Einstein und Petersilie heimlich ihre Knabber-Müsli-Stangen mit den Vorderzähnen aus dem Trog. Dann versteckten sie die Leckerbissen unter losem Heu.

»Wenn ich Geburtstag habe, will ich aber auch von dir und Vokuhila so ein tolles Geschenk«, murrte Petersilie so leise, dass es das schwarze Lama nicht hörte.

»Kriegst du«, versicherte Einstein ihr großmütig.

In diesem Augenblick ertönten die Stimmen von Lilly, Finja und Tim.

»Natürlich wird Tobi kommen. Bestimmt will er rauskriegen, ob wir vorhin am Fußballplatz was von dem Streit mit diesem Ole gehört haben«, sagte Tim gerade.

Die drei Kinder liefen, gefolgt von Mina und Fussel,

in den Stall und kletterten die Leiter zum Heuboden hoch.

»Aha«, stellte Einstein fest. »Kriegsrat!«

»Und was sagen wir, wenn Tobi uns fragt, was wir mitgekriegt haben?«, wollte Lilly wissen.

»Na, wir tun natürlich so, als wüssten wir von nichts«, gab ihre Schwester zurück. »Sonst schöpft er doch Verdacht!«

»Lilly und Finja, ihr erzählt Tobi, dass euer Lama ausgebüxt ist und ihr ihm auf den Fußballplatz nachgelaufen seid«, bestimmte Tim.

»Genau. Ihr dürft auf keinen Fall verraten, dass wir uns alle schon vorher dort versteckt haben«, mahnte Mina.

Lilly rollte die Augen. »Ja, ich hab's kapiert.«

»Wir erzählen, dass die Polizei die Suche nach dem Einbrecher eingestellt hat«, schärfte Tim den Sonnenschein-Schwestern ein. »Tobi muss sich sicher fühlen.«

»Korrekt. Wenn er dann nach Hause geht, folgen wir ihm heimlich. Vielleicht sehen wir ja dann diesen Ole noch mal und kriegen raus, warum er beim Fußballplatz war«, hoffte Finja.

»Habt ihr das gehört?«, fragte Petersilie.

Vokuhila war mit seinem Knabber-Müsli fertig und

hob den Kopf. »Vielleicht merken Lilly und Finja dann auch, dass Ole der Einbrecher war, den ich neulich nachts bei uns auf dem Gutshof gesehen habe!«, sagte er.

»Waaaas?«, rief Petersilie. »Woher weißt du das?«

»Ich hab ihn auf dem Fußballplatz wiedererkannt«, antwortete das schwarze Lama ganz selbstverständlich.

Einstein musterte ihn streng. »Warum hast du das vorhin nicht schon gesagt?«

Vokuhila mümmelte betreten an einem Heuhalm. »Ihr wart sauer auf mich, weil ich einfach abgehauen bin.«

»Ist doch egal«, ereiferte sich Petersilie. »Jetzt müssen wir dafür sorgen, dass uns die Hausmenschen nicht eine Lama-Länge voraus sind, wenn sie Tobi ausspionieren!«

»Wir kommen einfach mit«, beschloss Einstein.

»Und wie stellen wir das an?« Vokuhila riss die Augen auf.

»Du bist doch das Lama, das Türriegel öffnen kann«, schnaubte Einstein. »Wir schleichen uns aus dem Stall und beschatten unsere Hausmenschen, die wiederum Tobi beschatten.«

»Geht klar«, nickte Vokuhila. »Äh, wer beschattet wen?«

»Egal, tu diesmal einfach, was ich dir sage«, kommandierte Einstein.

Ehe er weitersprechen konnte, erschien Tobi im Türrahmen des Stalls.

»Wir sind hier oben«, riefen Lilly und Finja.

Während Tobi die hölzerne Leiter erklomm, nutzte Vokuhila die Gelegenheit. Behutsam zog er mit den Zähnen den Riegel der Lama-Box zurück. Auf die Stallgasse zu treten, trauten die drei Lamas sich jedoch nicht, solange die Kinder auf dem Heuboden waren. Zu groß war die Gefahr, von ihnen entdeckt zu werden. Ein zweites Mal würde Vokuhila sich nicht blamieren! Daher warteten die Tiere erst einmal ab, was als Nächstes passieren würde.

»Ich habe nicht viel Zeit«, hörten sie Tobi über ihren Köpfen sagen. »Wieso wart ihr eigentlich vorhin am Fußballplatz? Und was war da mit eurem Lama los?«

»Ach«, Finja machte eine wegwerfende Handbewegung, »wir waren auf einer Lama-Wanderung mit unserer Mutter. Plötzlich ist Vokuhila abgehauen und wir mussten ihn suchen.«

»Dann wart ihr also nur zufällig da?« Tobi klang erleichtert.

»Klar, total zufällig«, versicherte ihm Lilly. »Fußball interessiert uns nicht die Bohne.«

»Wir hatten sowieso nichts Besseres vor, als wandern zu gehen. Unsere Detektiv-Arbeit liegt nämlich auf Eis. Das wollten wir dir sagen. Die Polizei hat keine neuen Spuren und stellt daher die Ermittlungen ein, meint mein Vater«, behauptete Finja.

»Ach so. Dann gehe ich mal wieder«, beschloss Tobi. »Ihr könnt euch ja melden, falls es was Neues gibt und ich euch wieder beim Ermitteln helfen soll.«

»Machen wir«, sagten Mina und Fussel im Chor.

»Übrigens ist Tim auch wieder in unserer Bande dabei«, ergänzte Finja.

Ihr Schulfreund nickte nachdrücklich. »Ist doch egal, wer Chef ist. Hauptsache, wir sind Detektive, oder?«

»Logo«, meinte Tobi, während er bereits die Leiter wieder hinunterkletterte. Die anderen fünf sahen ihm nach.

Sobald er den Stall verlassen hatte, kommandierte Tim: »Los, ihm nach!«

Rasch hangelten sich die Kinder nacheinander die Sprossen hinunter und liefen zum Stalltor.

In dieser Sekunde ertönte von draußen ein lautes Knattern.

Die Lamas reckten die Köpfe. »Was ist das denn für ein Krach?«, meckerte Petersilie.

»Tobi steigt zu einem Typ aufs Mofa«, hörten sie Tim von draußen rufen. Wie zur Antwort heulte der Motor auf.

»Der haut ab«, schrie Mina, »hinterher!«

»Vergiss es«, winkte Finja ab. »So schnell sind wir selbst mit unseren Fahrrädern nicht.«

»Der Mofafahrer muss auf Tobi gewartet haben«, stellte Tim fest. »Die haben gewusst, dass wir zu langsam für sie sind. So ein Mist!«

Die fünf ließen die Köpfe hängen. »Ich glaube, wir brauchen jetzt eine heiße Schokolade«, stellte Lilly fest. »Das hilft beim Denken. Kommt mit, Mama macht uns sicher welche.« Enttäuscht schlurften die Kinder davon.

»Schnell, raus aus dem Stall und nichts wie hinterher«, rief Einstein. Rasch trat er auf die Stallgasse, gefolgt von Petersilie und Vokuhila.

Sekunden später rannten die Lamas auf den Hof hinaus. Zum Glück waren die Kinder schon im Haus verschwunden. Nur die Katze, Frau Müller, saß auf dem Asphalt und putzte sich.

»Aus dem Weg, Miezekatze«, kommandierte Einstein, während er einen flotten Trab anschlug. Fauchend flüchtete Frau Müller auf den Koppelzaun.

»Entschuldigung, Frau Müller. Aber die Lama-Gang muss tun, was die Lama-Gang tun muss«, rief Vokuhila der beleidigten Katzendame zu, ehe er seinen Freunden folgte.

Zum Glück war das Motorengeräusch laut genug, sodass die Lamas die Richtung ausmachen konnten, in die es fuhr. Die drei Tiere verfielen in Galopp. Vokuhila war begeistert. Endlich durften sie mal zeigen, was sie draufhatten. Denn Lamas waren schnell, aber hallo! Mit der Geschwindigkeit eines Mofas konnten sie locker mithalten.

»Da sind sie!«, keuchte Einstein, als sie ein lichtes Birkenwäldchen erreichten, neben dem die Landstraße verlief. Tatsächlich fuhr wenige Meter vor ihnen das Moped mit zwei Gestalten darauf. Beide trugen Helme, aber Tobi war leicht an seiner blauen Jacke zu erkennen.

Die drei Tiere galoppieren in gebührendem Abstand zwischen den Baumstämmen. Auf diese Weise hatten sie die Maschine im Auge, aber sie waren weit genug weg, damit der Fahrer nicht auf sie aufmerksam wurde.

Doch plötzlich endete das Wäldchen und vor ihnen erstreckte sich eine weite Wiesenfläche.

»Verflixt«, rief Einstein. »Hoffentlich guckt der Bengel nicht in den Rückspiegel und entdeckt uns!«

Doch die Lama-Gang hatte Glück. Kurz darauf tauchte ein gelbes Ortsschild auf und die Maschine verlangsamte ihre Geschwindigkeit. Bei den ersten Häusern bog der Fahrer links ab.

Nachdem die Lamas sich versichert hatten, dass kein Auto kam, überquerten sie ebenfalls die Straße und trabten dem Mofa hinterher.

Als sie in die kleine Seitenstraße kamen, sahen sie das Mofa in einer Einfahrt stehen. Tobi und der andere Junge stiegen soeben vom Sitz. Rasch drückten die Tiere sich an eine hohe Hecke, die vor dem Haus wuchs. Vorsichtig lugten sie dann um die Ecke und beobachteten, wie die zwei ihre Helme abnahmen.

»Den Größeren kenne ich. Das ist dieser Ole vom Fußballplatz«, flüsterte Vokuhila. »Und der Einbrecher von neulich Nacht!«

»Pssst«, zischelte Petersilie, denn die beiden Jungen lieferten sich gerade einen heftigen Wortwechsel.

»Wenn ich's dir doch sage! Keiner von denen hat was gesehen oder gehört. Ich hab in der Schule das Handy rechtzeitig weggesteckt. Und vorhin auf dem Fußballplatz waren Lilly und Finja voll damit beschäftigt, ihr dämliches Lama einzufangen.«

»Dämliches Lama?«, quäkte Vokuhila empört. »Meint der etwa mich?«

Doch Einstein verpasste ihm einen Knuff in die Seite als Ermahnung, still zu sein.

Ole schnaubte. »Was ist mit diesem Tim?«

»Pff, vergiss es«, meinte Tobi lässig. »Der hat Fußball gespielt und nichts gerafft.«

Trotzdem schien Ole nicht zufrieden zu sein. Er blickte Tobi finster an. »Schwein gehabt. Wieso warst du auch so doof, in der Schule mit den Fotos herumzuprahlen?!«

Tobi senkte schuldbewusst den Kopf.

»Manchmal frag ich mich echt, wieso ausgerechnet ich so ein Spatzenhirn als Bruder haben muss«, meckerte er Tobi an. Er drehte sich um und stapfte zum Haus, gefolgt von Tobi, der immer noch den Kopf hängen ließ.

Die Lamas sahen sich an. »Jetzt wird mir einiges klar«, flüsterte Einstein. »Die beiden sind Brüder.«

»Da bin ich schon längst draufgekommen«, prahlte Petersilie.

Einstein prustete entrüstet. »Ach nee. Und warum hast du nichts gesagt?«

»Du hast uns doch verboten zu reden«, gab Petersilie schnippisch zurück.

»Ich? Nein, du hast …«, fing Einstein empört an.

»Nun streitet euch nicht«, bat Vokuhila seine Freunde. Er verpasste erst Petersilie, dann Einstein einen aufmunternden Stupser mit dem Kopf. »Schließlich wissen wir, dass Ole der Kelch-Dieb ist. Und wo er wohnt. Also kennen wir jetzt auch das Versteck von den gestohlenen Sachen«, strahlte er. »Oder? Hä? Oder?«

»Vokuhila hat recht«, gab Einstein zu. Er sah seine Freunde an. »Hiermit verkünde ich feierlich: Die Lama-Gang hat einen Volltreffer gelandet!«

Das rätselhafte Haus

»Ein Volltreffer, juhuuuuu«, plärrte Vokuhila und sprang begeistert in die Höhe.

»Pssst! Leise! Du machst sonst die ganze Nachbarschaft auf uns aufmerksam«, rief Petersilie streng. »Und dann holen sie am Ende die Polizei!«

»Aber das wäre doch prima«, gab Vokuhila zu bedenken. »Dann können sie gleich den Dieb festnehmen. Vielleicht kommt ja sogar Knut! «

»Quatsch«, schaltete Einstein sich ein. »Keiner von denen weiß, dass sich die gestohlenen Kelche und das Gemälde in diesem Haus hier befinden. Die nehmen uns mit, liefern uns bei den Sonnenscheins ab – und wir haben nichts außer Ärger.«

»Echt blöd, dass die Menschen unsere Lama-Sprache

nicht verstehen«, ärgerte sich Petersilie. »Das würde die Sache deutlich einfacher machen.«

»Sie sind uns eben unterlegen. Diese Tatsache müssen wir akzeptieren«, wiederholte Einstein geduldig.

»Guckt mal, da ist der ältere Junge wieder«, flüsterte Vokuhila auf einmal aufgeregt und wies mit dem Kopf zum Haus. Tatsächlich zog Ole soeben die Haustür hinter sich zu und stapfte zu seinem Mofa. Als er den drei Lamas den Rücken zukehrte, konnten diese darauf einen großen schwarzen Rucksack erkennen. Und aus der Öffnung lugte …

»Das ist ein Goldrahmen«, raunte Einstein. »Wie von einem Gemälde! Wollen wir wetten, dass das …«

»… unser geklautes Bild ist«, fiel Petersilie ihm ins Wort.

Ole war währenddessen auf das Mofa gestiegen und ließ den Motor an.

»Rückzug!«, befahl Einstein. »Er darf uns nicht sehen!«

Doch weit und breit gab es keinen Baum und keinen Strauch, hinter dem sich die Lamas verstecken konnten. Die Hecke an der Seite des Grundstücks war zu dicht und undurchdringlich, um sich hindurchzuzwängen.

»Was machen wir denn jetzt?«, jammerte Petersilie panisch.

»Da rein!« Einstein stürmte durch ein niedriges Gartentor, das nur angelehnt war. Hastig folgten ihm die anderen beiden in den fremden Garten. Alle drei wichen hinter einen dort wachsenden Ginsterbusch zurück. Keine Sekunde zu früh. Schon knatterte Ole an ihnen vorbei.

»Heiliges Lama, das war knapp«, keuchte Einstein. »Los, wir müssen das Mofa verfolgen. Ole haut mit dem Diebesgut ab!«

Petersilie nickte. Doch wo war Vokuhila?

Einstein blickte sich um.

Das schwarze Lama stand vor einem Gemüsebeet und verleibte sich soeben einen dicken grünen Salatkopf ein. »Hmmmm, das ist aber lecker«, mümmelte es begeistert.

»Vokuhila!«, schrie Petersilie. »Das darfst du nicht!«

Doch da flog schon die Terrassentür des Häuschens auf, zu dem der Garten gehörte. Eine sehr wütend aussehende ältere Dame kam herausgerannt. Sie trug Filzpantoffeln und ihr Gesicht war ganz rot. In der Hand hatte sie einen Besen.

»Zum Donnerwetter, du verflixtes Vieh«, schimpfte sie und fuchtelte mit dem Besenstiel. »Raus aus meinem Gemüsebeet!«

»Aaaaaah!« Vokuhila sprang vor Schreck senkrecht in die Höhe, ehe er wieder auf allen vier Hufen landete. Dummerweise mitten in den Blumen im Beet nebenan.

»Meine schönen Dahlien!«, kreischte die Frau. Drohend schwenkte sie den Besen. »Du ungeschickter Trampel! Ich rufe die Polizei!«

»Abmarsch«, befahl Einstein und alle drei Lamas rannten los. Hastig quetschten sie sich durch das Gartentor und liefen hinaus auf die Straße.

»Wo ist Ole?«, quiekte Petersilie.

»Da vorne«, rief Einstein atemlos.

Man sah gerade noch das Mofa um eine Kurve verschwinden.

Die Tiere galoppierten los.

Diesmal mussten sie jedoch keine lange Strecke zurücklegen. Schon drei Querstraßen weiter hatte Ole sein Ziel erreicht. Vor einem hohen gelben Gebäude mit vielen Fenstern brachte er sein Mofa zum Stehen.

Verborgen hinter einem geparkten weißen Lieferwagen beobachteten die Lamas, wie er den Schlüssel aus dem Zündschloss zog. Anschließend ging der Junge zielstrebig auf das gelbe Haus zu und verschwand hinter der großen gläsernen Eingangstür.

»Mit wem er sich wohl trifft?«, rätselte Petersilie.

»Schaut mal!«, forderte Einstein seine Freunde auf. Vorsichtig linsten sie hinter dem Wagen hervor. Ein goldglänzendes Schild war am Eingang angebracht, aber keins der Lamas konnte lesen. Also blieb ihnen nur, die Hälse zu recken und durch das Türglas zu spähen.

Sie sahen eine Art Eingangshalle mit Steinboden. Rechts war ein langer polierter Holztisch. Allerdings saß niemand daran, nur ein größeres flaches Kästchen lag darauf.

»Ich glaube, das ist ein Computer«, raunte Einstein. Er war sehr stolz auf sein Wissen.

Links in der Halle standen ein kleines Sofa sowie zwei Sessel um ein niedriges rundes Tischchen herum.

»Was ist das für ein Ort?«, fragte Petersilie.

»Und was will Ole mit dem Diebesgut hier?«, ergänzte Vokuhila.

»Ich hab keine Ahnung.« Es passte Einstein zwar nicht in den Kram, aber auch er war ratlos.

»Ob wir reingehen sollen?« Neugierig trat Vokuhila zwei Schritte hinter dem Auto hervor.

»Hiergeblieben!«, rief Einstein ihn streng zurück, denn in dem Moment war eine Handvoll Menschen in der Halle aufgetaucht. Eingeschüchtert wich Vokuhila hinter den Lieferwagen zurück. »A-aaaber, was machen wir denn jetzt?«

»Wir holen Knut«, bestimmte sein braun gefleckter Freund. »Wenn wir uns beeilen, ertappt er Ole vielleicht sogar auf frischer Tat. Mit den gestohlenen Sachen.«

»Aber wie willst du unserem Hausmenschen das klarmachen? Auch Knut versteht leider noch immer keine Lama-Sprache«, gab Petersilie zu bedenken.

»Wir müssen einfach hartnäckig bleiben. So lange, bis Knut uns folgt«, erklärte Einstein.

»Das möchte ich sehen!« Petersilie hatte immer noch Zweifel.

»Du bist echt ein Drama-Lama«, warf Einstein ihr augenrollend vor.

»Bin ich nicht!«

»Bist du wohl!«

Während die beiden sich stritten, beobachtete Vokuhila die Eingangstür des Gebäudes. Eine alte Frau mit Haaren, so schneeweiß wie die von Petersilie, trat zusammen mit einer jungen Frau aus der Tür.

»Aber da war ein schwarzes Kamel. Ich habe es genau gesehen«, beharrte die alte Dame.

»Jaja, Frau Schmitz. Schon gut«, beruhigte sie die junge Frau, die einen weißen Kittel trug. »Jetzt lassen wir beim Arzt erst mal Ihren Blutdruck messen, ja?«

Die beiden Menschen gingen langsam davon. Vokuhila sah ihnen interessiert nach. Er fragte sich noch immer, was das wohl für ein Haus sein mochte? Dort gingen junge Menschen mit alten spazieren – genauso wie Lisa es mit den Lamas machte. Ob es dort drin auch so viele Leckerbissen gab wie im Stall? Vielleicht sogar noch bessere? Obwohl Einstein es ihm verboten hatte, siegte Vokuhilas Neugier. Sein Hals wurde länger und länger. Während sich seine zwei Freunde immer noch stritten, machte Vokuhila einen Schritt nach vorne, dann noch einen. Und einen dritten. Langsam näherte er sich dem Eingang des Hauses.

In diesem Moment blickte Einstein hoch. Zu seinem Entsetzen sah er, wie das schwarze Lama fröhlich auf die andere Seite stakste. »Vokuhila! Spinnst du? Komm sofort zurück!«, blökte er laut.

Ertappt blieb Vokuhila stehen – mitten auf der Straße. »Nein, lauf! Schnell! Sonst kommt noch ein Auto«, schrie Petersilie. Auch sie war inzwischen auf ihren Freund aufmerksam geworden. Prompt erschrak Vokuhila und trabte los. Aber nicht zurück zu seinen Freunden, sondern schnurstracks auf die Eingangstür zu.

»Oh nein, oh nein, was macht er denn?«, stöhnte Einstein.

»Wir müssen ihn zurückholen. Er ist ja völlig kopflos«, forderte Petersilie.

Die beiden Lamas sahen nach rechts, dann nach links. Als sie sicher waren, dass kein Auto kam, liefen sie ebenfalls los. Doch es war zu spät. Ein großer, muskulöser Mann in weißem Hemd und gleichfarbiger Hose war aus dem Haus getreten. Jetzt griff er nach Vokuhilas Halfter.

»Aua! Lass mich los«, protestierte Vokuhila und warf den Kopf hoch. Doch der Mann war kräftig und sein Griff fest.

»Also hatte Frau Schmitz doch recht«, rief er über die Schulter ins Innere des Gebäudes. »Da ist tatsächlich ein Kamel.« Jetzt fiel sein Blick auf Einstein und Petersilie. »Himmel! Da sind ja noch zwei«, schrie er. »Die müssen aus dem Zirkus ausgebrochen sein. Ruft die Polizei!«

»Wir sind keine Kamele, du Erbsenhirn. Wir sind Lamas«, meckerte Petersilie lauthals. Doch es half nichts.

Durch die gläserne Scheibe der Tür konnten die Tiere eine ältere Frau in grauer Bluse sehen. Sie lief zu dem großen Tisch am Eingang und griff nach dem Telefonhörer.

»Na toll«, seufzte Einstein, »jetzt haben wir den Salat!«

»Ui, Salat! Lecker! Wo?«, rief Vokuhila eifrig und vergaß, dass ein fremder Mensch ihn am Halfter hatte.

»Das war ein bildlicher Vergleich, du Dussel«, meckerte Einstein ihn an. »Gemeint war Schlamassel. Den du uns eingebrockt hast!«

»In Kürze wird die Polizei hier sein«, erklärte Petersilie dem verwirrten Vokuhila.

»Aber … Das ist doch super!«, antwortete der. »Dann sparen wir uns den Weg nach Hause zu Knut. Wir müssen ihm auch nicht mehr klarmachen, wohin er uns folgen soll. Denn wir sind ja schon da.«

Sekundenlang herrschte verblüffte Stille. Einstein und Petersilie sahen sich an. »Kann es sein, dass der Kleine schlauer ist, als wir dachten?«, fragte Petersilie ihren braun gefleckten Freund.

»Abwarten«, brummte Einstein. »Erst einmal muss Knut Dienst haben und kommen. Dann müssen wir ihn auf die Spur der gestohlenen Sachen führen. Und wie wir das anstellen wollen, weiß ich beim besten Willen nicht.«

Kurze Zeit darauf hielt ein Polizeiauto am Straßenrand. Zur Erleichterung der drei Lamas stieg tatsächlich Knut Sonnenschein in Polizei-Uniform aus dem Wagen. Gefolgt von seinem Kollegen. Aber das war nicht alles.

Gleich darauf bog das Auto von Lisa Sonnenschein um die Ecke und heraus sprangen Lilly und Finja. »Da seid ihr ja, ihr Ausreißer!«, rief Finja.

»Das ist schon das zweite Mal, Vokuhila! Langsam reicht es«, schimpfte Lisa das schwarze Lama, aber sie klang eher froh als böse. Auch die beiden Sonnenschein-Kinder waren glücklich, ihre Tiere wohlbehalten wiederzusehen.

»Jetzt ist aber Schluss mit dem Weglaufen«, mahnte Lilly die drei.

»Mal sehen. Schließlich hat die Lama-Gang eine Mission zu erfüllen«, gab Petersilie würdevoll zurück.

Knut und der zweite Polizist sprachen derweil mit dem kräftigen weiß gekleideten Mann aus dem großen gelben Haus.

»Ich arbeite hier als Pfleger. Eine unserer Altersheim-Bewohnerinnen hat behauptet, ein Kamel gesehen zu haben«, erklärte der Mann. »Zuerst haben wir gedacht, Frau Schmitz hat sich das eingebildet. Aber dann ist der hier«, er deutete auf Vokuhila, »plötzlich vor der Tür aufgetaucht. Da habe ich die Polizei angerufen.«

»Das haben Sie genau richtig gemacht. Wir haben schon ein paar Minuten vorher einen Anruf von einer älteren Dame wegen der Lamas erhalten. Sie sind wohl in einen Gemüsegarten eingebrochen. Unsere Tiere sind zahm, aber das wissen die Leute ja nicht. Zum Glück ist nichts passiert«, antwortete Knut Sonnenschein entschuldigend.

»Wie praktisch, dass du Polizist bist, Papa«, stellte Finja fest.

»Ja, aber ich habe wirklich Besseres zu tun, als drei ausgebüxte Lamas zu finden«, sagte Knut streng. »Ihr müsst in Zukunft wirklich darauf achten, dass der Stall richtig verschlossen ist.«

»Aber das haben wir!«, rief Lilly empört.

»Offenbar nicht«, entgegnete ihre Mutter, »sonst wären die Tiere ja jetzt nicht hier!«

»Bloß gut, dass die Menschen zu doof sind, um uns zu verdächtigen«, raunte Einstein Petersilie zu.

»So, ihr drei. Ab nach Hause«, kommandierte Lisa und fasste nach Petersilies Halfter. Doch die wich einen Schritt zurück.

»Nee-eee!«, protestierte sie laut und wies mit dem Kopf auf die Eingangstür des hohen Gebäudes. »Erst muss Knut den Dieb fangen. Der ist noch da drin!«

Aber natürlich verstanden die Menschen kein Wort. »Petersilie, stell dich bitte nicht so an«, schalt Lisa.

»Ich stell mich nicht an! Ich liefere wertvolle Hinweise«, empörte sich die weiße Lama-Dame.

»Das stimmt«, rief Vokuhila, während er geschickt Finja auswich, die ihn ebenfalls am Halfter packen wollte. »Da drin sind eure gestohlenen Sachen. Ganz ehrlich!«

»Zum Kuckuck, ich habe wirklich keine Zeit für so einen Unsinn!« Knut Sonnenschein wurde ungehalten. Entschlossen griff er sich Einstein und zog ihn mit sich.

»Hee, lass mich los! Erst musst du da drin nach dem Dieb suchen«, blökte das braun gescheckte Lama. Es stemmte alle vier Hufe in den Boden.

»Was ist denn nur mit euch?«, rief Lilly. »Mama, Papa, irgendetwas stimmt mit den Lamas nicht. Sonst sind sie doch immer so brav.«

»Genau«, schrie Petersilie. »Wir sind die liebsten Tiere der Welt. Aber jetzt sind wir Detektive und da drin ist der Diii-Diii-Diiieb!«

Nun stutzte auch Lisa Sonnenschein. »So kenne ich die drei wirklich nicht«, sagte sie.

Bevor die Tiere noch weiter protestieren konnten, trat eine dunkel gekleidete Gestalt aus der Eingangstür.

Vokuhila sah sie als Erstes. »Da ist er!«, röhrte das schwarze Lama. »Das ist der Einbrecher!«

Keiner der Menschen verstand ihn, aber immerhin drehten Lilly und Finja bei Vokuhilas Geblöke den Kopf.

»Das ist doch dieser Ole«, rief Finja. »Vom Fußballplatz!«

»Ja, ja, ja«, quiekte Petersilie und trommelte mit ihrem linken Vorderfuß auf den Boden. »Endlich seid ihr auf der richtigen Spur!«

Ole war unter der Eingangstür stehen geblieben und musterte verwirrt die Lamas. Dann entdeckte er Finja und Lilly und riss die Augen auf. »Was … was macht ihr denn hier?«, stotterte er überrumpelt.

»Kennt ihr den Jungen?«, wollte Knut wissen. Als Ole die beiden Polizisten in ihrer Uniform sah, zuckte er zusammen. Dann drehte er sich auf dem Absatz um und rannte davon.

»Hinterher!«, kommandierte Einstein und riss sich von Knut los.

Noch ehe einer von ihren Hausmenschen reagieren konnte, nahmen die drei Tiere die Verfolgung auf. Bereits nach wenigen Metern hatten sie Ole überholt.

Einstein bremste und verstellte dem Jungen von vorne den Weg. Petersilie kam hinter ihm zum Stehen und Vokuhila flankierte Ole von der Seite. Umzingelt von drei grimmig dreinblickenden Lamas, blieb der Junge wie erstarrt stehen.

Da kam auch schon Knut mit seinem Kollegen dazu, gefolgt von Lisa und den Mädchen.

»Der ist heute beim Fußballtraining aufgetaucht«, rief Lilly und deutete auf Ole.

»Ja, und er hat sich mit Tobi gestritten«, ergänzte Finja.

»Tobi?«, fragte Lisa Sonnenschein. »Der Junge, der neulich mit euch auf dem Hof war?« Finja nickte.

»Ich … ich weiß nicht, was ihr von mir wollt! Ich hab nichts gemacht«, stotterte Ole. Aber bei seinen Worten blickte er starr auf den Boden und sein Gesicht war dunkelrot angelaufen.

»Er lügt!« Vokuhila streckte seinen Kopf vor, bis seine Nase beinahe an die von Ole stieß. »Ich hab dich erkannt. Du bist der Einbrecher«, machte das Lama klar.

Ole wich zurück. »Geh weg, du doofes Vieh!«

Finja kniff die Augen zusammen und musterte ihn. »Was machst du überhaupt in einem Altersheim – und warum sind unsere Lamas auch da?«, fragte sie.

Ole öffnete den Mund, aber er brachte keinen Ton heraus.

Nun wurde auch Knut Sonnenschein misstrauisch. Er legte dem Jungen eine Hand auf die Schulter. »Gibt es etwas, das du uns sagen willst, Ole?«, fragte er freundlich. Aber seine Miene verriet, dass man einen Polizisten wie ihn besser nicht anlügen sollte.

Oles Schultern sanken nach vorne und er ließ den Kopf hängen. »Es war alles nur wegen meiner Uroma«, murmelte er.

»Wie, alles? Was meinst du damit?«, wollte Knut wissen.

»Na ja, also, ich ...« Ole rang nach Worten. Dann holte er tief Luft und sah Knut endlich an. »Die zwei Silberbecher und das Gemälde, die ich im Haus von Finja und Lilly habe mitgehen lassen. Das hab ich für meine Uroma gemacht.«

Einige Sekunden lang herrschte Stille.

Knut fasste sich als Erster. Er griff nach seinem Diensthandy. »Ich glaube, es wird Zeit, dass wir deine Eltern anrufen, mein Junge.«

Eins zu null für die Lama-Gang

Die Menschen warteten zusammen mit den drei Lamas am Straßenrand auf Oles Eltern. Zunächst sprach keiner ein Wort.

Nur Vokuhila war begeistert. Er verpasste erst Einstein, dann Petersilie mit seinem Kopf einen Knuff. »Ich hab's gewusst! Hab ich nicht gesagt, dass Ole der Einbrecher ist, hä? Hä?«

»Ja, du hattest recht«, knurrte Einstein. »Zufrieden?«

Vokuhila strahlte vor Stolz.

Die Sonnenscheins dagegen waren weniger begeistert. Lilly warf Ole einen finsteren Blick zu. »Dafür, dass du bei uns eingebrochen bist, kommst du ins Gefängnis«, drohte sie.

Der Junge wurde blass.

»Moment mal. So schnell kommt keiner ins Gefängnis«, bremste Knut seine aufgebrachte Tochter.

Da rollte endlich ein silbergraues Auto heran. Ein blonder Mann und eine Frau mit dunkelbraunen Haaren stiegen aus. Das mussten die Schneiders sein, Oles und Tobis Eltern. Beide waren schick gekleidet und sahen aus, als würden sie direkt aus einem Büro kommen. Als Letzter kletterte Tobi aus dem Wagen.

»Was machst du denn hier?«, rief Lilly verblüfft.

Tobi schluckte. »Ole ist mein Bruder«, sagte er leise.

Die Sonnenschein-Schwestern sahen sich an. »Deswegen wolltest du also bei unserer Detektiv-Bande mitmachen«, rief Finja. »Und mit dem Schuhabdruck hast du von Ole abgelenkt«, ergänzte Lilly.

»Der Jogging-Schuh war von meinem Vater«, gab Tobi zu.

»Das haben wir längst gewusst! Viiiiiel früher als ihr«, blökte Petersilie triumphierend. Aber natürlich verstanden die Menschen kein Wort.

Der blonde Mann ging auf Ole zu. »Was ist hier los?«, wollte er wissen. »Wieso ruft die Polizei bei uns an und bestellt uns zu Omas Altersheim?«

»Ole ist bei uns eingebrochen und hat uns beklaut«,

platzte Finja raus, ehe Knut Sonnenschein alles erklären konnte.

Herr Schneider fuhr zu ihr herum und musterte sie unfreundlich. »Unsinn!«

»Ich fürchte, das ist die Wahrheit«, schaltete Knut sich nun ein. »Ihr Sohn hat es bereits zugegeben.«

»Das war doch wegen unserer Uroma«, mischte sich nun Tobi ein. Schützend stellte er sich vor seinen großen Bruder.

»Bitte was?« Oles und Tobis Mutter sah die beiden Jungs fassungslos an.

»Ich will jetzt sofort wissen, was passiert ist. Und warum du scheinbar etwas weißt, was wir nicht wissen«, forderte Herr Schneider streng.

Tobi blickte seine Eltern an. »Uroma erzählt doch immer von dem Gutshaus. Wo sie als Mädchen aufgewachsen ist, wisst ihr das nicht?«

»Doch. Ich erinnere mich an die Geschichten von damals«, murmelte die Mutter.

Der Vater zuckte nur ärgerlich die Schultern. »Ja, und? Das Ganze ist mindestens siebzig Jahre her!«

Ole schluckte. »Aber sie redet in letzter Zeit nur noch davon. Wie sie dort mit ihren Eltern und Schwestern gewohnt hat. Und von den Schafen und Pferden auf Gut Erlenbach ...«

»Moment mal!«, unterbrach Lisa Sonnenschein den dunkelhaarigen Jungen. »Erlenbach? Das ist doch unser Gut!«

»Ja eben«, rief Tobi eifrig. »Unsere Uroma ist in Ihrem Haus aufgewachsen, Frau Sonnenschein. Und daran erinnert sie sich. Obwohl sie immer mehr vergisst. Manchmal sogar, wie Ole und ich heißen ...«

»Meine Großmutter ist dreiundneunzig«, schaltete sich Tobis Vater ein. »Deswegen lebt sie seit einem halben Jahr auch im Altersheim. Sie ist zunehmend verwirrt und weiß oft nicht mehr, welcher Tag ist oder ob sie schon etwas gegessen hat.«

»Ich dachte, wenn ich ihr etwas von früher, also aus ihrem Zuhause von damals, mitbringe, geht es ihr vielleicht besser«, gab Ole zu.

»Aha. Deswegen bist du also bei uns durch die Terrassentür eingestiegen«, fasste Knut Sonnenschein zusammen.

Ole nickte schuldbewusst. »Unsere Uroma hat immer von einem Bild geredet, das sie als junges Mädchen zeigt. In einem Goldrahmen.«

»Jetzt wird mir einiges klar«, murmelte Lisa Sonnenschein. »Du wolltest deiner Uroma also ein paar Andenken von früher bringen. Damit sie sich erinnert und sich freut.«

Ole nickte. Er und Tobi tauschten einen Blick. »Sie ist immer so fröhlich, wenn sie von dem Gutshof redet«, sagte Tobi leise. »Als ich erfahren habe, dass Lilly und Finja jetzt dort wohnen, hab ich es Ole erzählt.«

»Eigentlich sollte Tobi sich mit den beiden anfreunden. Und dann das Gemälde und die zwei Kelche mitnehmen, wenn er auf dem Hof ist«, gab Ole zu.

»Aber ich hab mich nicht getraut«, warf Tobi ein.

»Da hab ich beschlossen, die Sache in die Hand zu nehmen«, gestand Ole. Er sah jetzt aufrichtig zerknirscht drein. »Dass das blöd war, ist mir ziemlich schnell klar geworden.«

»Allerdings«, donnerte sein Vater. Wütend blickte er auf den Jungen hinunter. »Einbrechen und Sachen klauen! Ich glaube es ja nicht. Das setzt eine saftige Strafe, das ist dir klar, oder?« Er wandte sich zu seinem jüngeren Sohn um. »Dasselbe gilt für dich, Tobias«, sagte er mit Nachdruck. Tobi starrte betreten zu Boden und nickte.

»Das können Sie mit Ihren Söhnen zu Hause ausmachen«, erklärte Knut Sonnenschein. »Wir nehmen jetzt erst einmal die Aussagen zu Protokoll …«

Lisa unterbrach ihren Mann. »Knut. Nun sei doch nicht so hart!«

»Ja, Papa«, warf Lilly ein. »Ole ist schließlich kein normaler Einbrecher. Er hat's doch nur gut gemeint!«

»Eine kaputte Scheibe ist nicht ›gut gemeint‹. Das ist Sachbeschädigung«, knurrte Vater Sonnenschein.

»Ich bringe es wieder in Ordnung«, versicherte Ole hastig. »Ehrlich!«

»Ich helfe ihm«, sprang Tobi seinem älteren Bruder bei.

Knut holte tief Luft. Er sah die bittenden Blicke von Lisa, Finja und Lilly. »Na gut«, brummte er schließlich. »In Anbetracht der Lage verzichtet die Polizei in diesem Fall auf eine Anzeige.« Er warf seinem älteren Polizei-Kollegen einen Blick zu. »Aber die Sache ist damit nicht vom Tisch«, fügte Knut hinzu, als er sah, dass Tobi und Ole sich erleichtert angrinsten.

»Natürlich nicht«, versicherte ihm Herr Schneider. »Wir kommen selbstverständlich für den Schaden auf. Außerdem bringen wir die gestohlenen Sachen zurück.«

»Nein«, sagte Lisa. Alle blickten sie überrascht an. Sie lächelte. »Wir brauchen weder ein altes Gemälde noch versilberte Kelche. Wenn es einer alten Frau Freude bereitet, soll eure Uroma die Sachen behalten. Ihr hättet uns doch auch einfach die Lage erklären können und wir hätten euch die Sachen mitgegeben. Für uns haben sie ja keinen wirklichen Wert.«

Tobi und Ole sahen sich stumm und verblüfft an. Auch ihre Eltern waren überrascht. »Das ist wirklich großzügig von Ihnen«, sagte Frau Schneider schließlich. Gerührt drückte sie Lisa die Hand. »Vielen Dank!«

»Danke, Frau Sonnenschein. Ich hab Mist gebaut und es tut mir wirklich leid!«, fiel Ole seiner Mutter ins Wort.

»Mir auch«, murmelte Tobi und schielte zu Lilly und Finja.

»Also, wenn ihr mich fragt: Ich würde den Bengel nicht so einfach davonkommen lassen«, mischte sich Petersilie ein. Die drei Lamas hatten bisher stumm und atemlos vor Spannung zugehört. Jetzt, fand Petersilie, war es an der Zeit, ihren Senf dazuzugeben. »Hausarrest und drei Tage ohne Müsli-Knabber-Stangen ins Bett. Ja, das fände ich angemessen«, überlegte sie.

»Dich fragt aber keiner«, antwortete Einstein. Obwohl auch er insgeheim dafür war, dass Ole und Tobi für den Diebstahl bestraft wurden.

Zunächst einmal wartete zu Hause im Stall auf die Lamas jedoch eine Extra-Portion Möhren- und Apfelstückchen. »Schließlich habt ihr den Einbruch ja sozusagen aufgeklärt«, erklärte Finja feierlich.

»Aber ein kleines bisschen haben *Die fünf Detektive* auch dazu beigetragen«, trumpfte Lilly auf.

»Haha«, murmelte Einstein. »Das ist wohl der Witz des Tages!«

»Vielleicht solltet ihr euch in *Die fünf Dilettanten* umbenennen«, rief Petersilie vorlaut.

»Genau«, blökte Vokuhila. »Äh … was sind *Dilettanten?*«

»Totale Anfänger«, erklärte Einstein. »Im Gegensatz zu uns.«

Alle drei Lamas brachen in Gelächter aus.

Lisa Sonnenschein musterte ihre Tiere kopfschüttelnd. »Ich wüsste zu gerne, wie die drei auf die Spur von Ole gekommen sind. Aber das werden wir wohl nie erfahren.«

»Schade, dass Lamas nicht reden können«, seufzte Lilly.

»Oh, Maaaaaann«, ächzte Petersilie mit vollem Mund. »Menschen sind echt so was von beschränkt!« Sie streckte ihren Hals vor. »Natürlich können wir sprechen,

Dummerchen«, erklärte sie Lilly. »Wir verstehen sogar eure Sprache. Selbst schuld, wenn ihr nie kapiert, was wir sagen!«

»Iiih, Petersilie, du sabberst mich voll«, schalt Lilly kichernd. Zärtlich fuhr sie der weißen Lama-Dame durch den dicken Schopf. »Aber ich hab dich und Einstein und Vokuhila trotzdem ganz doll lieb.«

»Ja«, seufzte Petersilie, »wir lieben euch auch.«

Ihre Hausmenschen verließen den Stall – nicht ohne zwei Mal nachzuprüfen, ob die Riegel der Lama-Box auch wirklich vorgeschoben waren.

»Sollen sie ruhig denken, dass wir durch ihre Schuld abhauen konnten«, sagte Einstein vergnügt. »Dann schöpft wenigstens keiner Verdacht, dass Vokuhila Türen öffnen kann.«

»Das wäre nicht gut, oder?«, fragte das schwarze Lama.

»Nein. Deswegen bleibt es auch unser Geheimnis«, schärfte Petersilie ihrem Lama-Freund ein. »Nur schade, dass niemand unseren Erfolg wirklich zu würdigen weiß.«

»Hallo? Leckerbissen und jede Menge Lob? Ist das etwa nichts?«, warf Einstein ein.

»Pah, wir hätten eigentlich einen Artikel in der Zeitung und eine Ehren-Urkunde von der Polizei verdient«, fand

Petersilie. »Immerhin wurde der Einbrecher nur durch den selbstlosen und mutigen Einsatz der Lama-Gang gefasst.«

In diesem Augenblick brach Vokuhila in Tränen aus. Erschrocken starrten Einstein und Petersilie das schwarze Lama an. »Was hast du denn, Vokuhila? Du bist doch auch Mitglied unserer Gang«, rief Petersilie.

»Ja, du bist sogar Kanzler«, bestätigte Einstein.

»Ich w-wei-weiß«, schluchzte Vokuhila. »Aber jetzt ist mein Wunsch, den Fall aufzuklären, schon heute in Erfüllung gegangen! Dabei hab ich doch erst *morgen*

Geburtstag! Was mache ich denn jetzt? Kann ich dann keinen Geburtstag mehr haben?« Zwei dicke Lama-Tränen rannen ihm aus seinen großen Augen.

Einstein und Petersilie sahen sich ratlos an. Vokuhilas Kummer tat ihnen im Herzen weh und sie wollten ihn unbedingt trösten. Nur wie?

»Natürlich darfst du Geburtstag haben! Wir haben morgen eine andere tolle Überraschung für dich«, behauptete Einstein entschlossen.

Sofort verstummten Vokuhilas Schluchzer. »Echt?«

»Klar!«, stimmte Petersilie zu.

»Wau, das ist super!« Getröstet ließ das schwarze Lama sich ins Stroh fallen und war kurz darauf eingeschlafen.

»Welche Überraschung denn?«, zischte Petersilie Einstein zu.

»Na, die beiden Stangen Knabber-Müsli, die wir versteckt haben«, raunte das braun gefleckte Lama zurück.

»Das ist alles?« Petersilie schnaubte. »Das tröstet Vokuhila nie und nimmer! Wir müssen uns noch zusätzlich etwas Tolles ausdenken!«

Einstein kratzte sich den Schopf am Gitter der Heuraufe. »Was ist mit deinem selbst gedichteten Geburtstagslied?«

»Oh. Ach ja, öhm«, stammelte das weiße Lama. »Das ist noch nicht ganz fertig.«

»Du hast noch nicht mal angefangen! Gib es zu«, nahm Einstein sie in die Zange.

»Hab ich wohl!«

»Hast du nicht!«

»Doch! Hör zu«, Petersilie räusperte sich und fing leise an zu singen:

»*Vokuhila!*
Du riechst nicht nach Vanilla.
Auch bist du kein bisschen lila.
Trotzdem haben wir dich lieb …«

Petersilie stockte.

»*Und du fängst sogar 'nen Dieb!*«, ergänzte Einstein den Reim.

»Na bitte«, rief Petersilie begeistert. »Jetzt haben wir ein ganzes Geburtstagslied für Vokuhila. Bin ich nicht genial?«

»Klar«, seufzte Einstein. Er verzichtete darauf, seine Lama-Freundin daran zu erinnern, *wer* die Idee für die entscheidende Schluss-Zeile gehabt hatte. Hauptsache, Vokuhila war an seinem Geburtstag morgen glücklich.

Lama-Party mit Happy End

Gerade zog die Morgendämmerung auf und das erste fahle Tageslicht fiel durch die Stallfenster.

Vokuhila schlug die Augen auf. Er hatte geträumt, dass heute ein ganz besonderer Tag war. Aber welcher nur? Dann fiel es dem schwarzen Lama ein und es sprang auf. »Geburtstag!«, schrie es fröhlich.

So laut, dass Einstein und Petersilie unsanft aus dem Schlaf gerissen wurden.

»Wa-was is' los?«, murmelte die weiße Lama-Dame verschlafen.

»Ich hab Geburtstag«, rief Vokuhila begeistert.

»Oaaah, Menno«, gähnte Einstein, »aber doch nicht schon so früh am Morgen!«

»Doch«, beharrte Vokuhila. »Jetzt!«

»Na gut«, seufzte Petersilie. Nun waren sie schon wach, dann konnten sie auch mit Vokuhila feiern. Also stimmten sie und Einstein ihr selbst gedichtetes Geburtstagslied an. Auch wenn sie noch etwas heiser klangen vom Schlaf. Danach überreichten sie dem schwarzen Lama ihre Knabber-Müsli-Stangen, obwohl Petersilies Magen vernehmlich knurrte.

»Danke! Ein Geburtstagslied extra für mich. Und dann auch noch Knabberzeug! Das ist soooo lieb von euch«, freute sich Vokuhila. In Rekordzeit hatte er die beiden Leckerbissen bis auf den letzten Krümel verputzt.

Petersilie schluckte trocken. »Gern geschehen.«

Da knarrte die Stalltür. Die drei Lamas hoben die Köpfe.

Knut Sonnenschein betrat den Stall. »Ah, gut. Unsere drei sind schon wach. Ihr könnt also gleich anfangen«, sagte er.

Noch ehe sich die Lamas fragen konnten, wen er meinte, schoben sich zwei Gestalten in Jeans und Gummistiefeln durch die Tür.

»Das ist ja Ole. Und Tobi ist auch da«, blökte Petersilie. »Was wollen die denn hier?«

»Zuerst mistet ihr den Stall aus. Dahinten stehen

Schaufel, Forke und Schubkarre«, erklärte Knut. »Danach kommt frisches Stroh rein. Das findet ihr dort hinten. Und zum Schluss wird noch die Stallgasse gekehrt. Und zwar tipptopp. Ich will keinen einzigen Strohhalm mehr sehen, wenn ihr fertig seid, klar?«

»Okay, machen wir«, murmelte Ole. Er schielte zu den drei Lamas, die neugierig die Köpfe über die Boxen reckten. Auch Tobi wirkte alles andere als glücklich.

Knut klopfte ihnen auf die Schultern. »Keine Angst, die tun nichts.«

»Da wäre ich nicht so sicher«, quäkte Petersilie. Sie fixierte Ole und zog die Oberlippe hoch. »Wehe, du klaust mein Futter!«

»Oh, das glaube ich nicht. Ole hat seine Lektion gelernt«, lächelte Einstein. Gutmütig trat er zur Seite, als der Junge zögernd die Boxentür öffnete.

Tobi blieb vorsichtshalber auf der Stallgasse stehen.

Vokuhila reckte den Hals. »Halli-hallo«, rief das schwarze Lama fröhlich und fuhr Tobi mit der Zunge übers Gesicht. »Ich hab heute Geburtstag!«

»Uähhh, das klebt!« Der Junge wischte sich mit dem Ärmel über die Wange.

»Vokuhila mag dich«, ertönte in dem Moment Finjas Stimme. Obwohl Samstag war und schulfrei, waren sie und Lilly um diese frühe Uhrzeit schon wach. Die Schwestern hatten ihre Neugier nicht zähmen können und tauchten jetzt in der Stallgasse auf. Sie beobachteten die zwei Jungs, wie sie die Box betraten.

»Geh du zu dem Weißen nach hinten«, forderte Tobi seinen älteren Bruder auf und deutete auf Petersilie. »Ich warte mit der Schubkarre. *Draußen.*«

Ole blickte von seinem Bruder zu Petersilie, die in der Ecke stand, und schluckte. »Ich glaube, das Lama kann mich nicht leiden«, sagte er zu den Sonnenschein-Schwestern.

»Darauf kannst du wetten, Bürschchen«, gab Petersilie zurück. »Wer klaut, wird zerkaut!«

»Lass dich von Petersilie nicht einschüchtern«, ermutigte Lilly Ole. Energisch schob sie das weiße Lama beiseite. »Sei lieb, Petersilie. Dafür kriegst du auch einen sauberen Stall. Und noch ein bisschen Müsli«, lockte Lilly.

»Das ist ein Wort!« Bereitwillig ging Petersilie ein Stück zur Seite und blieb still stehen.

Ole lud in Rekordgeschwindigkeit den Mist in der hinteren Boxen-Ecke auf die Schaufel und warf ihn auf die Schubkarre. Dabei kehrte er der Lama-Dame kurz den Rücken zu.

Leise trat die hinter ihn. »Buh!«, rief sie.

Als er den Lama-Atem im Nacken spürte, machte Ole vor Schreck einen Satz in die Luft. Hastig flitzte er aus dem Verschlag.

»Petersilie«, sagte Einstein strafend.

»Hihi«, antwortete die nur. Hauptsache, sie hatte ihren Spaß und der Junge eine kleine Abreibung gehabt.

Kurz darauf war auch die Stallgasse blitzblank gefegt.

»So, jetzt müssen noch die Lama-Halfter sauber gemacht werden. Und mit Lederfett eingerieben!«, kommandierte Finja.

Ole und Tobi rutschten die Mundwinkel nach unten. Aber sie trauten sich nicht zu widersprechen. Daher nickten sie nur.

»Von den Halftern hat Papa aber nichts gesagt«, flüsterte Lilly, als sie mit Finja in der Sattelkammer war.

»Na und?«, raunte ihr die große Schwester mit einem Grinsen zu. »Aber wenn Ole und Tobi schon mal hier sind, dann können wir das genauso gut nutzen. Oder?« Sie ging zurück und drückte Ole und Tobi je ein Halfter in die Hand. »Lilly und ich helfen euch. Wir putzen Vokuhilas Geschirr«, sagte sie gnädig.

»Aber … das ist ja ganz neu – und am saubersten«, traute Ole sich einzuwenden.

Finja fasste ihn streng ins Auge. »*Wer* hat bei uns eingebrochen und eine Scheibe kaputt gemacht?«

Ole zog den Kopf ein. »Schon gut. Wo ist die Bürste?«

Eine Viertelstunde später waren der Lama-Stall samt Halfter so sauber wie lange nicht mehr.

»Puh, mir tun ganz schön die Finger weh«, sagte Tobi. Mit einem sauberen Lappen wischte er sich einen Rest Lederfett von den Händen.

Im Torbogen des Stalls tauchte Lisa Sonnenschein auf. Als sie die Kinder entdeckte, lächelte sie. »Wie ich sehe, wart ihr fleißig. Sogar die Halfter habt ihr euch vorgenommen!«

Lilly und Finja tauschten einen Blick, aber Tobi grinste. »Strafe muss sein«, sagte er und knuffte seinen Bruder. Ole nickte, allerdings etwas gequält.

Lisa Sonnenschein lachte. »Nun kommt alle rein. Ich habe Honigbrote und heißen Kakao mit Sahne für euch. Als Belohnung für die Stallarbeit.« Jetzt strahlte auch Ole.

»Und wo bleibt unsere versprochene Belohnung?«, beschwerte sich Petersilie.

»Wieso? Du hast doch gar nichts gemacht«, entgegnete Einstein.

»Eben«, trumpfte seine Lama-Freundin auf. »Ich hab die beiden Jungs nicht angespuckt. Gebissen hab ich sie auch nicht. Nicht mal auf die Zehen bin ich Ole getreten. Auch nicht aus Versehen. Dafür habe ich mindestens eine Knabber-Müsli-Stange verdient, finde ich.« Ehe sie jedoch anfangen konnte, sich lautstark bei ihren Hausmenschen zu beschweren, ertönte ein helles »Ping«.

Ole und Tobi griffen gleichzeitig in ihre Jackentaschen und zogen ihre Handys heraus. »Eine Nachricht von Mama«, rief Ole. »Sie hat ein Foto in die Familien-Gruppe geschickt.«

»Von unserer Uroma aus dem Altersheim!«, ergänzte Tobi. »Guckt mal hier.« Er hielt sein Handy hoch.

Die Sonnenscheins, aber auch die Lamas in ihrer Box blickten ihm neugierig über die Schulter.

Das Foto zeigte eine alte Dame. Sie saß in einem altmodischen Plüschsessel und hielt etwas in beiden Händen. Es war das Bild im Goldrahmen, das Ole den Sonnenscheins geklaut und seiner Urgroßmutter gebracht hatte. Wie Finja und Lilly ja jetzt wussten, handelte es sich dabei um ihr Porträt als Mädchen. Die alte Dame blickte nicht in die Kamera. Sie sah auf das Bild hinunter, das sie als junge Frau zeigte. Ein verträumtes Lächeln lag um ihren Mund.

»Eure Uroma sieht sehr glücklich aus«, stellte Lisa Sonnenschein gerührt fest.

»Wie gut, dass wir ihr das Bild geschenkt haben«, rief Lilly.

»Vielen Dank noch mal«, sagte Ole ernst. »Ich glaube, das war das schönste Geschenk, das sie jemals bekommen hat.« In bestem Einvernehmen verließen die Menschen den Stall.

Einstein blickte Petersilie an. »Was ist jetzt mit den Müsli-Stangen …«, fing er an. Dann stutzte er. »Sag mal, heulst du etwa?«

»Natürlich nicht«, wehrte sich Petersilie. »Ich hab nur ein bisschen Sägemehl im Auge!«

»Ist klar«, schmunzelte Einstein.

»Das habt ihr echt toll eingefädelt«, rief Vokuhila. Er streckte den Kopf vor und gab Petersilie einen dicken Lama-Kuss auf die wollige Wange.

Die war verwirrt. »Was denn?«

»Na, das mit dem Foto von der Uroma. Das habt ihr doch mit eurer tollen Geburtstagsüberraschung gemeint! Oder? Hä?«

»Ähm, ja, natürlich«, behauptete Einstein schnell. »Das haben wir nur für dich organisiert. Stimmt's, Petersilie?« Er gab ihr von hinten einen mahnenden Knuff.

»Logo«, nickte das weiße Lama bestätigend. »Freust du dich?«

»Und wie-ie-iee!«, wieherte Vokuhila. »Das ist wirklich der tollste Geburtstag, den ich je hatte.«

»Es ist ja auch dein erster«, murmelte Einstein. Allerdings so leise, dass es niemand hörte.

»Aber wisst ihr, was das superste Geschenk für mich ist?«, fragte Vokuhila und sah die anderen beiden an.

»Was denn?« Petersilie riss neugierig die Augen auf.

»Ihr!«, erklärte ihr schwarzer Stallgenosse treuherzig. »Ihr zwei seid die aller-allerbesten Freunde, die ich mir nur wünschen kann. Und Freundschaft ist noch besser als Müsli-Stangen, stimmt's?«

Einstein räusperte sich gerührt. »Da hast du recht«, sagte er. »Oder, Petersilie?«

Doch das weiße Lama antwortete nicht. Es stand mit gesenktem Kopf in der Ecke der Box.

»Petersilie?«, fragte Vokuhila ängstlich. »Ist was?«

Die hob langsam den Kopf. Tränen standen ihr in den großen dunklen Augen.

Einstein kratzte sich seinen Schopf. »Oh Mann, jetzt ist der Wasserfall nicht mehr aufzuhalten«, murmelte er.

»Das war einfach zu viel«, schluchzte Petersilie. »Erst das Foto von der glücklichen Uroma und jetzt sagt Vokuhila so was Liebes …« Sie schniefte hörbar und spuckte einmal kräftig aus. »Das haut das stärkste Lama um!«

Einstein musste grinsen. So raubeinig sich Petersilie oft gab – in Wahrheit hatte seine Freundin doch ein großes Herz.

Die Lama-Gang gibt nicht auf

Einige Tage später war auf dem Sonnenschein-Hof wieder Ruhe eingekehrt. Lilly und Finja gingen morgens zur Schule, während Lisa Sonnenschein die Lamas auf die Koppel brachte. Ab und zu kamen wie üblich Mina, Tim und Fussel nachmittags zum Spielen. Von den *fünf Detektiven* war allerdings nicht mehr die Rede. Wozu auch? Der Einbruch hatte sich schließlich aufgeklärt.

Fast war es jetzt auf Gut Erlenbach ein bisschen langweilig, dachte Vokuhila. Er graste mit Einstein und Petersilie auf der Weide hinter dem Haus. Aber auf Dauer wurde es etwas eintönig, immer nur nach Butterblumen und Huflattich Ausschau zu halten. Auf Lama-Wanderung waren sie auch schon drei Tage nicht mehr gewesen. Vokuhila schnaubte. Eigentlich könnte ruhig mal wieder was Spannendes passieren, fand er. Ob Einstein und Petersilie wohl genauso dachten? Er schielte zu seinen beiden Freunden, die Seite an Seite grasten. Unermüdlich rupften sie Halm für Halm ab und kauten verträumt. Für Vokuhila hatten sie keinen Blick und er bezweifelte, dass Einstein sich zum Fangenspielen breitschlagen lassen würde. Ebenso wenig wie Petersilie. Da entdeckte er die getigerte Katze der Sonnenscheins, die durch das hohe Gras schlich.

»Frau Müller, möchtest du vielleicht mit mir Verstecken spielen?«, fragte Vokuhila hoffnungsvoll.

Doch Frau Müller schaute ihn nur herablassend an und begann, ihr Fell zu putzen.

Seufzend beschloss Vokuhila, es dann eben seinen beiden Freunden gleichzutun und nach würzigen Wiesenkräutern zu suchen.

Gerade wollte er seine lange Lama-Nase im Gras versenken, da hörte man das Geräusch eines Motors. Gleich darauf bog ein weißer Kastenwagen in die Einfahrt des Hofs ein. Die Reifen knirschten auf dem Kies, dann wurde der Motor abgestellt. Vokuhila hob den Kopf.

Wer kam denn am helllichten Vormittag zu den Sonnenscheins? Vielleicht war es Besuch? Aber Knut war auf dem Polizeirevier, Lilly und Finja in der Schule. Lisa Sonnenschein war vor Kurzem mit einem Eimer und einer komischen spitzen Schaufel Richtung Gemüsegarten gegangen. Eigentlich hatte es nicht so ausgesehen, als erwartete sie einen Gast.

Jetzt ging die Autotür auf und ein stämmiger Mann stieg aus. Er trug eine graue Hose, die mit zwei Gurten über den Schultern befestigt war. Lilly hatte neulich auch mal so eine angehabt, und daher wusste Vokuhila, dass man das eine »Latzhose« nannte. Lilly mochte die Hose, weil sie nicht nur an der Seite, sondern auch vorne eine große Tasche hatte.

»Da kann ich ganz viele Sachen reintun, die ich vor Mama verstecken will«, hatte sie ihrer Schwester damals erklärt.

»Warum hat sie dann keine Möhren drin? Oder Knabber-Müsli-Stangen?«, hatte Petersilie sauer gefragt, nachdem Lilly ohne Leckerbissen zu verteilen aus dem Stall gestapft war.

Vokuhila hatte gar nicht mehr daran gedacht. Bis jetzt. Dass Erwachsene auch solche Hosen anzogen, war ihm unbekannt gewesen. Der Mann holte eine große Tasche aus dem Auto und ging aufs Haus zu.

Vokuhila riss die Augen auf. Wollte er etwa auch etwas in seinen Hosentaschen verstecken? Vielleicht war das ja wieder ein Einbrecher – diesmal aber ein richtiger?

Vokuhila wurde ganz aufgeregt. Es bahnte sich ein neuer Fall für die Lama-Gang an, das konnte er förmlich riechen!

Mit fliegendem Schopf rannte er zu Einstein und Petersilie. »Da ist ein Mann, der bei unseren Hausmenschen einbrechen will«, rief er.

Sofort hörten die beiden Lamas auf zu grasen und hoben interessiert die Köpfe.

»Was?«, fragte Einstein.

»Woher weißt du das?«, warf Petersilie ein.

»Weil da eine Latzhose mit dem Auto kam. Ein Mann mit vielen Taschen geht gerade zum Haus«, plapperte Vokuhila, wobei er vor lauter Aufregung alles durcheinanderbrachte.

»Ach so, das ist der Briefträger«, sagte Einstein gleichgültig. »Manchmal kommen mit der Post Klamotten für Finja und Lilly an. Diesmal ist es wohl eine Hose.«

»A-aaaber ich hab die Latzhose gesehen …«, setzte Vokuhila noch einmal an, doch seine zwei Freunde hörten ihm nicht mehr zu. Sie hatten sich wieder ihrer

Mahlzeit zugewandt und beachteten das aufgeregte schwarze Lama nicht.

»Mannomenno«, grummelte Vokuhila. Aber bitte, dann würde er den Einbrecher eben alleine fangen. Und das ganze Knabber-Müsli, das es dann sicher noch mal zur Belohnung gab, alleine aufessen! Dass so ein Plan vor Kurzem am Fußballplatz schon einmal gewaltig schiefgegangen war, hatte Vokuhila längst vergessen. Er war überzeugt, auf einer heißen Spur zu sein. Außerdem musste er die Lama-Gang würdig vertreten!

Leise und vorsichtig zog er den hölzernen Riegel des Koppeltors mit den Zähnen auf. Dann stupste er mit der Schnauze gegen das Holzgatter. Es schwang einen Spaltbreit auf und Vokuhila zwängte sich hindurch.

Petersilie und Einstein hatten ihm ihre wolligen Popos zugedreht. Daher bemerkten sie nicht, wie ihr Freund sich davonschlich.

Vokuhila trabte ein kurzes Stück an der Wiese entlang, überquerte die Einfahrt und stoppte bei dem weißen Lieferauto. Misstrauisch äugte er durch das Wagenfenster ins Innere. Eine Menge Werkzeug und Drähte lagen auf dem hinteren Sitz. Wenn das kein *Indiz* war, dachte Vokuhila. Er war sehr stolz auf sich. Nicht nur, weil er sich das schwere Wort gemerkt hatte, sondern auch, weil er auf der richtigen Fährte war. Der Mann war ein Dieb und ihm musste schleunigst das Handwerk gelegt werden!

Vorsichtig schlich Vokuhila um die Ecke des Gutshauses. Da! Hatte er es doch gewusst! Der Mann in der grauen Latzhose stand vor einem Fenster und klopfte soeben mit den Fingerknöcheln gegen die Scheibe. Bestimmt wollte er sie gleich einschlagen, um dann durchs Fenster einzusteigen. Aber da hatte er die Rechnung ohne den Lama-Gang-Kanzler Vokuhila gemacht!

»Halt, stehen bleiben«, quäkte das Lama lauthals. Es machte einen Satz auf den Mann zu, der sich erschrocken umdrehte. Beim Anblick des schwarzen Vierbeiners stieß er einen Schrei aus.

»Ha«, rief Vokuhila triumphierend und baute sich vor dem Einbrecher auf. »Du wolltest wohl bei uns einbrechen, was? Aber die Lama-Gang sieht alles. Damit hast du wohl nicht gerechnet, wie?«

»Geh weg, du … du schwarzer Teufel!«, rief der Mann und wich zurück.

Vokuhila dachte nicht daran, sondern reckte siegessicher den Hals. Es gelang ihm, den Mann mit den Zähnen an seinen Hosengurten zu packen und festzuhalten.

»Aah, Hilfe«, schrie der.

»Ja, schrei nur, gleich kommt die Polizei«, drohte Vokuhila. Beim Sprechen ließ er jedoch den Mann los und der drehte sich um und rannte zu seinem Auto.

Gleich darauf heulte der Motor auf. Dann raste der Wagen vom Hof.

»Juhuu, ich habe den Einbrecher verjagt«, jubelte Vokuhila. Im Galopp flitzte er zurück zur Koppel, um seinen beiden Freunden davon zu berichten.

»Echt? Der wollte die Scheibe einschlagen?« Petersilie riss die Augen auf. »Warum hast du uns nicht Bescheid gesagt?«

»Hab ich doch. Aber ihr wolltet lieber fressen«, trumpfte Vokuhila auf.

»Das war bestimmt kein Einbrecher«, tat Einstein kund. »Sonst wäre er nicht am helllichten Tag gekommen!«

»War er wohl. Er hatte ganz viel Werkzeug im Auto. Und er war am Fenster gestanden. Der wollte gerade ins Haus einbrechen«, schwor Vokuhila.

»Nun, also dann ... hast du wohl recht gehabt«, sagte Einstein, wirkte dabei aber ziemlich säuerlich.

»Ja, und du hast mutig gehandelt«, lobte Petersilie.

»Echt? Oh, wau. Ich hab die Sonnenscheins gerettet! Bestimmt krieg ich dafür eine Belohnung, oder? Häh, häh?«, freute Vokuhila sich. »Aber die teile ich mit euch, ist doch logisch«, fügte er rasch hinzu, als er Einsteins und Petersilies Mienen bemerkte.

In diesem Moment erklang Lisa Sonnenscheins Stimme. »Ich bin mir ganz sicher«, rief sie. Kurz darauf bog sie ums Eck und die Lamas sahen, dass sie mit Lilly und Finja sprach. Die beiden Mädchen mussten inzwischen von der Schule heimgekommen sein. »Der Heizungsmonteur hatte sich für ein Uhr angemeldet«, fuhr Lisa fort. »Ich dachte sogar, ich hätte seinen Wagen gehört. Aber als ich aus dem Garten kam, war niemand da.«

»Vielleicht hat er geklingelt und ist dann wieder weggefahren, als niemand die Tür aufgemacht hat?«, mutmaßte Finja.

»Ich rufe mal in der Firma an«, beschloss Lisa. Sie griff zum Handy.

Währenddessen begrüßten die zwei Mädchen fröhlich die Lamas, die zutraulich die Köpfe über den Koppelzaun streckten. Während Finja Petersilie streichelte, kraulte Lilly mit der linken Hand Einsteins und mit der rechten Vokuhilas Ohren.

»Wie bitte? Ein teuflisches Riesenschaf hat Sie verjagt?«, rief Lisa auf einmal ins Telefon.

Die Mädchen drehten sich zu ihrer Mutter um, die Lamas spitzten die Ohren.

»Hören Sie, wir haben gar keine Schafe. Wir besitzen Lamas, aber die …«, Lisa warf einen prüfenden Blick auf das Tor der Koppel, »sind auf der Weide eingezäunt.« Sie lauschte, ehe sie ärgerlich erklärte: »Es ist mir egal, was Ihr Mitarbeiter sich einbildet. Dann schicken Sie jemand anderen. Aber ich möchte, dass unser Boiler repariert wird und wir wieder warmes Wasser haben! Ja, Wiederhören!« Sie legte auf, ehe sie sich kopfschüttelnd an ihre beiden Töchter wandte. »Was die Leute sich manchmal für Ausreden ausdenken! Garantiert hat der Monteur sich verfahren – und jetzt schiebt er einem riesigen Schaf die Schuld dafür in die Schuhe, das ihn angeblich angefallen hat. Also so was!«

»Können wir denn dann heute Abend überhaupt baden?«, fragte Finja besorgt.

»Sei still, du Dussel! Ist doch super, wenn nicht«, flüsterte Lilly. Aber so leise, dass nur die Lamas und Finja es hörten.

»Natürlich. Das wird alles repariert, und dann können wir in ein paar Stunden wieder baden und duschen«, versicherte ihre Mutter. Gefolgt von den beiden Mädchen ging Lisa Sonnenschein zurück zum Haus.

Streng musterte Einstein Vokuhila. »Ein teuflisches schwarzes Riesenschaf«, polterte er. »Ich kann mir schon denken, wer damit gemeint ist!«

»Etwa … ich?«, fragte Vokuhila verwirrt.

»Nein, Frau Müller«, raunzte Einstein. »Natürlich du!

Verjagst den Monteur, der für heißes Wasser sorgen sollte. Ich glaub's ja nicht!«

Vokuhila war nun völlig durcheinander. »Was ist denn ein Montööör?«, wollte er wissen. »Ist das nicht so was ähnliches wie ein Dieb?«

»Orrr, Vokuhila! Nein. Das ist ein Mann, der kaputte Dinge wieder heil macht«, belehrte ihn Einstein.

»Also jemand, der hilft. Nicht klaut«, ergänzte Petersilie.

»Oh. Ach so …« Vokuhila ließ die Nase hängen. Schon wieder hatte er eine Sache falsch angepackt.

»Zum Glück hast du beim Zurückkommen den Riegel vom Koppeltor wieder zugezogen. So ahnt wenigstens keiner von unseren Hausmenschen, dass *du* das höllische Schaf warst«, bemerkte Einstein.

Vokuhila nickte zögerlich.

Petersilie ahnte, was in ihm vorging. Sie lief zu ihm und stupste sanft mit der Nase gegen seinen wolligen Hals. »Gut gemeint ist eben nicht immer gut gemacht. Aber du wolltest ja nur unsere Hausmenschen beschützen«, tröstete sie das geknickte schwarze Lama. »Ich finde, du warst sehr beherzt.«

»Echt wahr?« Vokuhila blinzelte sie dankbar an.

Petersilie nickte.

Einstein seufzte. »Nun ja, so kann man das meinetwegen auch betrachten.«

»Ihr seid echt toll. Danke!«, rief Vokuhila erleichtert. Ehe Einstein es sich versah, hatte das schwarze Lama ihm einen dicken Kuss aufgedrückt – knapp neben das linke Nasenloch. Auch Petersilie blieb nicht verschont.

»Uäh! Wie lautet Regel Nummer …«, fing Einstein an, doch mit einem Blick in Vokuhilas strahlende Augen brach er ab. »Ach, ist ja egal«, murmelte das braun gefleckte Lama und konnte sich ein Lächeln nicht verkneifen.

Petersilie schüttelte sich einmal kräftig. »Dass wir den Einbruch aufgeklärt und Ole überführt haben, war jedenfalls ein großartiges Abenteuer«, stellte sie fest. »Und – wer weiß? Vielleicht war das ja nicht der letzte Fall, den wir als Detektive lösen mussten. Und dann ist eins sonnenklar …« Sie machte eine kunstvolle Pause.

»Was denn?«, riefen Vokuhila und Einstein im Chor.

Petersilie sah ihre Freunde an. »Dann ist die Lama-Gang zur Stelle. Wir lösen den Fall auf alle – Felle!«

Nachwort

Liebe Leserinnen und Leser!

Damit eins klar ist: Alles, was dieses Buch ausmacht, stammt von mir. Leider habe ich wegen meines vollen Terminplans keine Zeit, Lesen und Schreiben zu lernen. Also musste Heike Eva Schmidt die Geschichte aufschreiben – aber ICH bin für die Ideen zuständig. Und ich war und bin natürlich das erste und einzige Vorbild für die Klugheit der Lamas. Wer auch immer was anderes behauptet, lügt und verdient es, angespuckt zu werden!

Eure **Petersilie**

Glaubt ihr kein Wort! Petersilie ist ein Drama-Lama und außerdem leicht größenwahnsinnig. Das einzige vernünftige Wesen hier bin ich.

Herzlich, Euer **Einstein**

Und ich hab euch alle lieb!

Dicker Lama-Knutscher von **VOKUHILA**

Liebe Leser*innenschaft,

ich habe es aufgegeben, zu widersprechen. Drei Lamas gegen eine Autorin – da hatte ich keine Chance. Aber ich verrate euch was: Petersilie war viel zu beschäftigt mit ihrem Knabber-Müsli, um mir etwas einzuflüstern …!

Ein riesengroßes Dankeschön geht an Franziska Bräuning fürs Lektorat und die tolle Zusammenarbeit, den Thienemann-Esslinger Verlag und Niko Renger für seine treffend-witzigen Illustrationen sowie an Anja Koeseling von Scriptzz – für alles.

Heike Eva Schmidt

KNABBER-MÜSLI-STANGEN FÜR ZWEIBEINER

* 3 reife Bananen
* 250–300 g Haferflocken
* 60 g gehackte Erdnüsse (wahlweise Walnüsse, Haselnüsse, Cashewkerne, Mandeln ...)
* 60 g Trockenfrüchte (z. B.: Aprikosen, Feigen, Cranberries, Pflaumen ...)
* 1 Prise Salz
* Wer es süß(er) mag, gibt noch Honig oder Ahornsirup dazu

Bananen pürieren oder mit der Gabel zerdrücken. Restliche Zutaten miteinander vermengen. Bananen dazugeben und zu einer glatten Masse verrühren. Wer möchte, kann Honig/Ahornsirup untermischen. Masse dick (!) auf ein Backblech streichen.

Ofen auf Ober-/Unterhitze: 135 Grad / Umluft: 110 Grad vorheizen und die Masse auf dem Blech auf mittlerer Schiene insgesamt ca. 60 Minuten backen.

Extra-Trick: Nach 40 Minuten Backzeit das Blech aus dem Ofen holen und die Masse in Riegel schneiden. Weitere 20 Minuten fertig backen.

In eine Blech- oder Plastikdose geben und an einem kühlen Ort lagern.

Schmidt, Heike Eva:
Die Lama-Gang. Mit Herz & Spucke
Ein Fall für alle Felle
ISBN 978 3 522 50702 8

Gesamtausstattung: Nikolai Renger
Titeltypografie: ZeroMedia GmbH
Innentypografie: Tanja Haaf
Reproduktion: DIGIZWO GbR, Stuttgart
Druck und Bindung: GGP Media GmbH, Pößneck

in der Thienemann-Esslinger Verlag GmbH,
Blumenstraße 36, 70182 Stuttgart
Bei Fragen zum Produkt: service@thienemann.de

11. Auflage 2026

www.thienemann.de
Dieses Werk wurde vermittelt durch die Agentur Scriptzz.

MIX
Papier | Fördert gute Waldnutzung
FSC® C014496

VERANTWORTUNG • PRODUZIERT MIT